FÉLICIEN CHAMPSAUR

ENTRÉE DE CLOWNS

PARIS

La Nouvelle Revue Cri

Les Grands Conteurs français

ENTRÉE
DE
CLOWNS

DU MÊME AUTEUR

FÉLICIEN CHAMPSAUR

ENTRÉE
DE
CLOWNS

PARIS
La Nouvelle Revue Critique

*Comme, au cirque, après, par exemple,
les exercices compliqués d'acrobates japonais,
faisant, au bout de perches, des taches bizarres et harmonieuses ;*

*avant le développement des élégances, des
habiletés, des finesses accomplies d'une jolie
écuyère;*

*une douzaine de clowns, décrocheurs de
lune, avec des bonds étranges, des déhanche-
ments merveilleux, des torsions extravagan-
tes, des escalades éperdues, entrent, sautent,
pirouettent, gambadent, cabriolent, tourbil-
lonnent en intermèdes;*

de même, entre deux romans,

ces contes fantasques.

FÉLICIEN CHAMPSAUR.

LES GROSEILLES

LES GROSEILLES

Vers cinq heures du soir, elle remontait la rue Taitbout, quand Paul Ravier, de retour du Japon depuis une semaine, amusé par la silhouette élégante de cette petite modiste, trottinant d'un air crâne, à la main son carton à chapeau, au collet, pour broche, une couronne de marquise :

— Vous êtes bien jolie... habillée avec un goût!... Mais vous le seriez encore plus sans rien du tout...

— Ça rime! Vous êtes poète?

Sans attendre sa réponse :

— Alors, comme une statue?... Mais où donc je mettrais les mains?

— Dans mes poches.

Ainsi Germaine, qui s'appelait déjà de Rosay, devint la maîtresse d'un « mêlé » de

Montmartrois et de boulevardier. Comme, le
soir même, il donnait une fête pour célébrer
son retour et faire admirer à un choix de jeunes poulettes et de coqs, quelques petites
merveilles rapportées d'Orient — une grue
en grès de Bizen, laquée de blanc et per-
chée sur une feuille de lotus, un lapin par
Masatami; une grenouille sur un sceau,
netzké en bois, par Masakadzou; des albums
d'Hokousai, des foukousas — la gentille
modiste, marquise de Rosay, eut un succès
fou. (Le dîner en tête-à-tête avait été suivi
d'un abandon complet.)

Vers dix heures, les invités arrivèrent.

Ce fut à minuit que Germaine, très drôli-
chonne en robe de satin vieil or brodée de
canards mandarins, eut envie d'être seule un
instant. Ravier la lui ayant indiquée, elle
trouva la porte au fond d'un couloir; le long
du mur, sur des étagères, étaient plusieurs
petits aquariums où évoluaient des poissons
bizarres destinés au Jardin d'acclimatation.
Germaine, qui, cependant, ne savait point

comment Gargantua se servit d'un masque de
velours, des gants de sa mère, de marjolaine,
de roses, de feuilles de courge, finalement
d'un oison bien duveté, se demanda, grise un
brin, si ces poissons n'étaient pas, dans un
hôtel si fantaisiste, pour un usage intime. Et,
plongeant le bras, elle en sortit un, au dos
rouge à bande d'argent; mais au dernier
moment, il lui glissa entre les doigts. Tranquillement, elle en choisit un autre, noir à
points dorés; en chemin, vers la lune de
Germaine, il s'échappa encore. D'abord con-
tente, elle s'impatienta lorsqu'une vingtaine,
sans qu'elle fût parvenue à rien, cabriolèrent,
de côté et d'autre, jusque dans le corridor.
Dépitée, pestant, criant, jurant comme Cam-
bronne, elle rentre dans le hall:

— Si c'est l'habitude en Chine, ils sont
vraiment malins!... Presque tous les bocaux
sont vides... J'en ai plein le... dos...

Personne ne comprit, sauf Ravier qui se
précipita, ses invités à la suite. Voyant ce
désastre frétillant, une colère lui monta à la
face, si bien que les autres ne savaient quelle

contenance avoir et rentraient leur moquerie.
Il était bien drôle à voir dans son chagrin,
quand Germaine prononça tout à coup, au
milieu du silence général :

— Est-il bête, cet imbécile-là !... Non, est-il
bête !...

A cette exclamation, à son rire gamin et
charmant, s'éleva une joie énorme. On ne
se gênait plus; on se payait la tête de Ravier
en train de ramasser ses poissons énervés et
désespérés. Et Germaine de recommencer:
« Est-il bête, cet imbécile-là !... » Jusqu'au
matin, pendant le bal, chaque fois qu'elle le
répétait, de gais éclats partaient en fusées.
Toute glorieuse, elle adopta définitivement
cette saillie quelconque. Elle disait : « C'est
mon mot ».

Le lendemain, l'historiette était sue de toute
la haute noce. Au cercle, le petit comte de
Mauvieuse fut enthousiasmé. « C'est formidable! » déclarait-il.

Quatre jours après, très fier, il présentait Germaine à ses amis.

Si elle n'avait qu'un mot, René de Mauvieuse, un fêtard accompli, un zéro distingué, n'en avait qu'un aussi, celui à la mode. Le couple était assorti, vraiment chic. Lui, impassible et ennuyé. Elle, inconsciente, très décorative, surtout aux lumières, les lèvres passées au carmin, les cils accentués, ses cheveux blondis relevés sur la nuque, avec quelques mèches folles voltigeant; une fine et lourde crinière à reflets d'or, à la fois bestiale et exquise, donnant une sensation de fauve et de femme. A des instants de gravité troublés par aucune pensée, de bon ton, de grand air vraiment, succédaient des rires en cascade pour le seul plaisir de s'entendre et de montrer ses quenottes, parfois un geste ou un terme canaille, mais si gentiment fait, si gentiment dit, qu'elle ravissait, tour à tour arrogante et gavroche.

* *

Aussi d'abord, le marquis de Mauvieuse fut
assez flatté de l'heureux goût de son fils; et
même un jour, il lui en fit compliment.
Amoureux des froufrous, il en excusait la passion chez les autres. Malgré qu'il eût dépassé
la soixantaine, devant une jolie femme, à
l'occasion, il se redressait. Elles lui semblaient
toujours le seul but, le seul bonheur de l'existence.

Quasi légendaire dans le monde de la haute
noce, avec sa houppe blanche, son monocle
au large ruban de moire, mais obligé à un
repos bien gagné, il ne savait rien refuser à
René, pour ses maîtresses, lorsqu'il les trouvait, lui, distinguées et plaisantes. Belles per-
formances et belles actions; le père jugeait
les premières, et le fils les secondes.

Lorsqu'on lui parlait d'une nouvelle amie
du comte, il s'ingéniait pour la rencontrer,
entrant, un quart d'heure, à l'orchestre d'un
petit théâtre, afin de la lorgner négligem-
ment, ou bien aux courses, à une exposition.
Plus il était satisfait de la bonne fortune de

René, venue en donnant, mieux il ouvrait son portefeuille.

Et, décidément, Germaine lui plaisait.

Viveur longtemps, un peu triste d'être obligé d'enrayer, sans trop le faire paraître, un tantinet braque sur le tard, pas encore gaga néanmoins, ce qui est le parisianisme suprême, le chic de la fin, il était réactionnaire, mais platonique. Il eut souhaité volontiers, sans l'avouer, que le roi fît son entrée à Paris, comme jadis Charles-Quint à Anvers, avec les plus jolies femmes de la ville, allées à son devant toutes nues.

Religieux, il avait fait présent à l'église de son village, consacrée à cette sainte, d'une Madeleine en marbre, pour laquelle une amie de sa jeunesse avait posé.

Chaque année, l'été, l'automne, pendant la messe à laquelle il assistait régulièrement, tous les dimanches, avec sa famille, dans le banc du châtelain, il avait plaisir à voir, dans

2

la clarté adoucie de la nef, les paysans en
prière, sur le dos de qui les vitraux allongent
des prismes, et, à l'autel, parmi l'étoilement
des cierges, la fumée bleutée de l'encens qui
se disperse, à suivre, sous le vêtement de
pierre, les contours de la pécheresse dont il
fut complice.

Même il lui arriva, tandis que le bon curé
chantait un psaume, de se laisser distraire, à
l'accompagnement de l'orgue, et, les yeux
clos à demi, ce que le populaire prenait pour
une minute de grande dévotion, de murmu-
rer encore une litanie d'autrefois :

> Esther charmeresse,
> Esther enchanteresse,
> Esther israélite,
> Esther favorite,
> Esther ballerine,
> Esther divine,
> Esther enivrante,
> Esther frissonnante,
> Esther impudique,
> Esther adamique
> 　　　(toute nue, *mot de sa maîtresse.*)
> Esther friponne,
> Esther polissonne,

Esther bissée,
Esther convulsée,
Esther capiteuse,
Esther luxurieuse,

                    quand

Esther amoureuse ?

Bref, un sceptique ce galant homme. Mais
l'indulgence a ses limites.

❀ ❀

Le marquis était volontiers pour que son
fils eût toutes les femmes. Une seule, c'était
trop. Germaine s'emparait, corps et âme, de
René. Des bijoux, des chevaux, très bien.
Mais il voulait, à présent, lui offrir un hôtel.
Le caprice se changeait en amour définitif qui
s'installe. Il était temps d'aviser. Il appela son
fils et lui dit son sentiment :

— Tu m'obliges à te sermonner, ce qui
n'est ni dans mes goûts, ni dans mes habitudes... Si je n'y mettais le holà, tu te com-
promettrais pour cette petite, qui ne doit rien
être de plus qu'un passage... d'ailleurs nous

allons couper court. Le cap du grand prix est
franchi... Tu vas m'accompagner à Touraneuc... Tout est préparé, au château, pour
notre arrivée... Elle est austère, la Bretagne;
elle te calmera.

— Je n'aime pas beaucoup le paysage, mon
père... Je pense, comme vous, qu'il est
incompréhensible, sans la femme...

— Tu veux dire par là ?

— Que si je vais à Touraneuc, j'emmène-
rai Germaine.

— Tu es ridicule, mon cher... Pour moi,
ça ne fait rien... Mais la famille...

— Je comprends ta gêne ?... Eh bien...
nous installerons la petite dans le voisinage,
à l'Ours, l'auberge du père Markoff.

— Oui... Mais, tu promets de ne plus faire
de bêtises et de varier bientôt tes plaisirs...
Sinon, l'hiver prochain, je coupe les vivres.

— Je ne te reconnais pas... Et c'est toi qui
disais, l'autre soir, à Alice Penthièvre : « Tout
pour la femme, même les hommes. » C'est
elle qui m'a conté ça.

L'auberge de l'Ours, à l'entrée du hameau
de Blénor, est située peu loin du rivage, tandis que le château de Touraneuc se trouve à
une bonne lieue dans les terres. D'après les
ordres de René, depuis une semaine de retour
dans le pays, mais un peu malade, le père
Markoff, accompagné d'un domestique du
comte, alla, sur le coup de midi, chercher à
la gare de la ville voisine Mme Germaine de
Rosay. Jusqu'alors, n'ayant pas dépassé Bou-
gival, tout heureuse de ce voyage, elle eut
un fou rire quand le vieux, en costume breton, la salua très bas de son chapeau à larges
ailes. Se posant un monocle dans l'arcade
sourcilière droite (ce qui l'amusait beaucoup,
et ne gâtait point sa joliesse)) elle dit :

— C'est toi, l'ours Markoff ?

— Oui, madame la marquise.

Germaine fut délicieusement flattée. Il lui
avait donné ce titre d'un simple et grave.
Aussi, le long du chemin, elle fut superbe de
tenue, marquisette. C'est à peine si elle écoutait, d'un air distrait, les renseignements du
bonhomme sur les localités, Touraneuc, Blé-

nor, Tuville ; à un détour de la route, il prononça :

— Voici la « mê ».

Soudain, en face de l'océan, des flots inter-
minables, de cette étendue mouvante, qui
jette brusquement une idée d'infini à celui
qui voit et entend pour la première fois la
grande bleue, la grande verte, elle eut une
secousse, à la fois d'admiration et de crainte.
« On ne peut pas marcher dessus ! » Dans le
sentiment vague de respect pour cette force
énorme, s'allongeant devant elle par delà
l'horizon, ce fut ce que démêla Germaine
impressionnée. Le vieux avait cessé de parler; et ils furent silencieux jusqu'à ce qu'ils
aperçurent le hameau éparpillé vers la mer
qui, dans un flux puissant, montait avec un
fracas de vagues.

⚘ ⚘

Très pittoresque l'auberge, avec son toit
d'ardoise en pointe, son unique étage, sa
galerie de bois et son auvent de chaume. Au

bout d'une tringle rouillée, une enseigne se balance, sur laquelle un barbouilleur a peint en grosses lettres :

A l'Ours

L'animal est représenté. Oui, plaisante à voir, l'hôtellerie, un peu isolée des autres maisons, parmi les feuillages.

Deux chambres étaient réservées à Mme la marquise, l'une sur la route, du côté de la mer, l'autre, avec le lit, sur le jardin. Aussitôt descendue de la carriole, Germaine, sans prendre le temps de changer de costume, voulut s'installer ; elle accrocha dans les coins des ombrelles japonaises, çà et là, sur les murs, des éventails, des kakémonos, souvenirs de Ravier. Enfin, ayant renvoyé le domestique de M. de Mauvieuse, elle se rafraîchit, s'habilla comme si elle devait dîner aux Ambassadeurs, et, triomphante en toilette claire, elle sortit quand le soleil fut moins chaud.

Tout la ravissait.

D'abord, le jardin, très vaste, avec ses car-

rés de choux, d'épinards, d'oseille dont elle
grignotta quelques feuilles, et traversé, en
tous sens, de longues allées de groseilliers.
Mutine, s'étonnant d'un papillon qui court
les fleurs, d'une bête à bon Dieu qui circule,
elle emplit de menues grappes, blanches et
roug·s, l'enveloppe d'une lettre d'un ami de
ce pauvre René. Puis, après avoir répondu
avec grâce et hauteur (car elle se rappela sa
noblesse), au bonsoir du vieux Markoff en
train de fumer, sur un banc de chêne gros-
sier, près du seuil, elle se dirigea vers la plage
en mangeant sa cueillette.

La mer se retirait. La plage étant très peu
en pente, une grande étendue était à découvert. Germaine s'amusait à trottiner, à marquer sur le sable la semelle plate et large de
ses souliers anglais. Elle rigolait au bord de
l'océan écumeux ; même, un instant, elle fit
un petit fleuve. Le soleil, déclinant en face,
semblait, avec un énorme œil ardent, la re-

garder. Puis, distraite de l'astre qui, à l'horizon, commençait à incendier les nuées, elle écrasa des méduses afin de voir dedans ; elle courut après des crabes ; et, sans y avoir pris garde, elle se trouva dans un arc de cercle formé de hautes falaises. Çà et là, des flaques d'eau luisaient ; au loin, de l'océan diminué, surgissaient de monstrueuses roches qui, dans la brume crépusculaire, prenaient de vivantes formes et, parmi les gloires du couchant, les éblouissements d'or, la pluie de braises et d'étincelles, avaient l'air de boire, de lui faire des gestes de satyre ; on eût dit des géants enivrés de soleil.

Une brume, lentement, s'étendait.

Soudain la sirène parisienne, s'apercevant qu'elle était loin de tout, très seule, fut saisie de crainte, d'une peur de la nuit et du tapage incessant de la vague. Sans regarder en arrière, tremblante un peu d'être suivie par le flot, qui cependant s'en allait, elle retourna, hâtive, son ombrelle de dentelle

crème à demi pleine de coquillages, de varechs, d'immenses algues lourdes d'eau.

Elle achevait à peine de dîner, qu'une tristesse l'envahit tout à coup, en même temps
que la fatigue de sa promenade vagabonde
dans la griserie de l'air vif. Gentil oiseau de
cage, elle tomba d'épuisement, peu habituée
à l'espace.

Toute « chose » de se coucher si tôt, gênée
d'être seule, se sentant petite dans un grand
lit, ahurie d'inconnu, elle ferma vite ses
yeux, encore impressionnée par le prodigieux
charbon de feu qui tantôt s'enfonçait dans
les flots innombrables.

❀ ❀

Elle s'était endormie un peu partout, Germaine ; aussi elle ne fut point étonnée en
s'éveillant dans cette chambre de campagne.

A travers les rideaux à carreaux blancs et
rouges de l'unique fenêtre, le matin clair
transparaissait. Somnolente, elle fermait les

paupières, luttant pour le sommeil, et rêvassait, ayant rejeté les couvertures, absolument nue. D'un volet, par le trou rond comme une chattière de porte, un rayon filtrait, coupant la pénombre d'une traînée lumineuse.

Arrêté, ainsi qu'une caresse, à mesure, sur les cheveux blonds dénoués, sur les seins mignons, il fut dorer un champ de folle avoine.

De temps en temps, chicanée par le jour, elle bougonnait, en s'étirant, contre ce rayon indiscret ; comme pour l'écarter, elle faisait un geste. Puis elle ne bougea plus, semblant en extase.

Elle voyait, en songe, un globe énorme, foyer resplendissant, autour duquel dans l'azur, dans l'infini, tournaient des mondes ; c'était ensuite une étendue immense et vide traversée d'un fil de clarté, au bout dequel elle se pâmait, blonde araignée d'amour suspendue au soleil.

Alors, s'éveillant tout à fait, elle éclata de rire.

Assise au bord du lit, elle enfila longue-
ment ses bas de soie noire, regardant avec
complaisance ses jarretières, vert pomme pas
mûre, et le galbe du mollet. Enfin, pour s'admirer mieux, elle ouvrit les volets à deux bat-
tants.

Elle resta saisie.

A l'horizon dans l'opale du lointain, une
ligne vague de collines. Un clocher piquait
le ciel bleu tendre ; autour, çà et là, des toits
de chaume, couverts d'une mousse profonde
que le matin veloutait. Une buée très légère,
déchirée par la chaleur naissante, flottait
encore au-dessus des prairies. Et, en bas, sur
les feuilles bossuées des choux et frisées des
salades, des gouttelettes s'irisaient dans le
jardin, clos par des haies vives de trois côtés,
et de l'autre, d'une palissade de planches
taillées en pointe, trouées et gardant la rouille
des gros clous, débris de barques.

Les groseilles en pendeloques, surtout, lui
tiraient l'œil, ainsi que des rubis.

Il sembla, pourtant, à Germaine qu'il lui

manquait quelque chose. Elle ne sut pas
quoi ; c'était le roulement continu des voitures, les cris des marchands de quatre sai-
sons, le bruit toujours sous-entendu de la
ville. Elle fut, une minute, sérieuse sous l'influence de cette paix profonde que troublait
à peine la chanson intermittente de la mer.

Personne.

Si elle descendait comme ça ?

Etres primitifs (des faunesses !) les griset-
tes parisiennes sont volontiers nues. Un artiste
ne se fait pas trop prier pour montrer ses
œuvres; c'est un instinct bien naturel que les
petites belles, non contrariées par une bonne
éducation, soient fières de faire admirer
comme elles sont faites.

Germaine allait et venait chaussée de satin
et seulement vêtue de ses bas de soie. Sa
blonde chevelure dénouée flottait sur son
échine souple, sur les épaules, et, par instants, voilait ses seins rigides et divergents.

L'exquise folle s'amusait, trottant de ci, de
là, comme un jeune chat. De loin en loin, elle
se campait devant un groseillier, mi-baissée,
picorant. Tantôt, elle prenait des grappes à
pleines mains et les dévorait à même dans le
creux, comme on se désaltère ; tantôt, avec
un geste gourmet, elle les admirait, faisant
glisser du soleil au travers, ravie, et les saisissait, grain à grain, du bout des dents.

Soudain, elle s'interrompait avec un fris-
son et un rire; une goutte de rosée était tombée d'une branchette sur les hanches, ou ailleurs. Elle poussait de légers cris, et, parfois
se penchait ou se renversait, comme une
clownesse, pour boire la gouttelette.

Cependant, l'auberge était en révolution.

Le père Markoff avait appelé dans la cuisine, d'où il voyait tout, sa femme, puis leur
gars. Ils demeuraient stupéfaits, sans trouver
une parole pour exprimer leur saisissement.
La mère marmottait de vagues syllabes en
levant les yeux au ciel, comme pour le prendre à témoin qu'ils n'étaient pour rien dans
ce péché. Enfin, le vieux dit :

— Faut parler à la dame, Grégoire...

Le nigaud, immobile comme une des planches à bateau de la haie, ouvrit une bouche
énorme, sans que sortît la moindre parole,
interloqué à cette idée d'approcher, lui qui
pourtant était assez faraud avec les luronnes
de la contrée, de cette jolie fille, frêle élégante, à la toison d'un or étrange, de cette
marquise, la veille, en toilette si pimpante,
qui, à présent gaminait dans l'herbe, sans
même une chemise (en abîmant ses petits
souliers), avec des bas si ténus qu'au travers
le rose de la peau transparaissait. Après un
chamaillis, le vieux prononça :

— Alors, toi, la mère, va!... Je réfléchis
que c'est ben mieux... plus approprié.

La vieille, invoquant la madone, égrenant
son chapelet, comme vers une diablesse,
s'avance, encore alerte malgré la soixantaine,
timide devant Germaine impudique qui
avait cessé de grignoter pour la regarder
venir.

L'antithèse était délicieuse : la paysanne

hâlée, ridée, aux mains osseuses, maigres, les
veines saillant ainsi que des ficelles, à la face
douce et rude, d'un brun de vieux bois et
comme sculptée à coups de couteau par un
bûcheron, les soirs de veillée; et ce corps si
jeune, si blanc, si gracieux en sa fraîche
nouveauté, sa nudité dorée.

Ces deux êtres si différents étaient deux
femmes.

— Bonjour maman... Ça va bien?

— Oui... oui... madame la marquise...

Elle hésitait, ne sachant par où commencer. Brusquement :

— Oui... Mais on ne sort pas habillée
comme ça.

— Comment? Ça ennuie quelqu'un ? Il
n'y a encore personne de levé à cette heure?...

— Personne!... Vous voulez dire tout le
village ? Il est ben près de neuf heures.

— Pas possible!... A Paris, on ne se lève
jamais si tôt. Est-ce que ce n'est pas la même
chose ici?

La mère Markoff lui expliqua qu'à la campagne plus d'un se sauvait du lit à l'aurore, qu'à ce moment on était, qui aux champs, qui sur mer.

Germaine écoutait avec grande attention tout en contemplant ses ongles rosés; elle semblait faire un effort de raisonnement.

Sans doute elle estima que l'observation était juste, que des paysans pouvaient sortir d'entre les draps avant neuf heures du matin. Gentiment, elle remonta chez elle. De la cuisine, le vieux et son gars ébahi, raide comme un piquet, entendirent le clic-clac des talons sur les marches usées de l'escalier de bois.

Depuis son arrivée, René s'ennuyait en son vaste château. Il ne pouvait vivre loin du boulevard, du cercle; n'ayant jamais compris la grandeur simple des champs, il préférait de beaucoup le bruissement d'une jupe de soie au souffle du vent dans les branches, les

3

platanes étiques piqués en rang le long des
maisons grises aux forêts formidables et
charmantes, la boue des trottoirs aux che-
mins qui zigzaguent. Il avait dû faire des
politesses aux familles des alentours, des visites à des douairières aussi délabrées que
leurs manoirs. Parfois une jeunesse souriait
parmi ces antiquités; mais il trouvait bébê-
tes les jeunes filles. Certes il ne sortirait plus
de chez lui, sauf pour aller dire bonjour à
Germaine; ce serait son seul but. Il faisait
déjà peine à voir, se traînant dans les vastes
salles mornes ou dans les allées du parc, visi-
tant le chenil, les écuries, en négligé, pâle,
efflanqué, tétant un cigare éteint, fatigué,
même pour le rallumer.

Quand sa maîtresse, le jour même, lui
conta son aventure, il en fut diverti un instant :

— C'est formidable, ma chère.

Vicieux, le petit comte, oui; solide, non
pas. Elle était très excitée, blondinette; l'air
vivifiant, après avoir vagabondé sur l'eau

salée, la remuait toute. Elle le fit comprendre, mais en fut pour sa peine :

— Non... non... Je n'aime pas ça... entre
deux cigares.

Pauvre Germaine ! Et il était parti, la
laissant penaude.

Dépitée, elle prit son ombrelle, ses gants
et se dirigea du côté de la mer. Sur le pas
de la porte, le père Markoff fumait sa pipe
avec recueillement. Lorsque Germaine parut,
il se leva et, comme d'habitude, il la salua
très bas. Mme de Rosay daigna tailler une
bavette. Le vieux lui sembla superbe avec sa
carrure herculéenne, sa figure énergique, ses
deux bouclettes d'or lui balançant aux oreilles
et brillant sur le cou aux tons de bronze.

Un robuste mâle, aux instincts de pirate,
ce vieux. (Ce n'est pas lui qui aurait refusé,
entre deux cigares). Il regrettait, sans doute,
de ne pouvoir, comme ses aïeux, partir d'un
petit havre, par n'importe quel temps, faire
des courses au loin et revenir après avoir
capturé quelques bateaux marchands des
bons voisins.

— On fait ce qu'on peut... C'est vraiment
dommage, avec des bras comme la paire que
voici, de tenir une auberge !... Eh ! grâce à
eux, j'ai tombé un ours...

— Un ours ?... fit curieusement Germaine,
ouvrant de grands yeux.

— Mais oui, il y a pas mal de temps déjà...
A la fête patronale de Douarnenez, un bate-
leur l'exhibait, et il donnait comme prix un
lapin, à qui pourrait renverser sa bête. Six
gars de la contrée avaient essayé, mais sans
résultat. Moi, après un rude combat, j'ai ter-
rassé Martin, et j'ai gagné le prix... C'était
dur, allez! Les os m'en craquaient!... En mémoire, j'ai fait peindre l'ours sur l'enseigne
de l'hôtellerie.

Elle n'était pas pensive souvent, Germaine.
Mais, tout en cheminant vers la plage, la
vision de cet homme luttant avec l'énorme
animal la hantait.

La mer, secouée par des rafales, beuglait;
une buée grisâtre la couvrait, estompant les
falaises et les grosses roches immergées. Le

soleil, sans éclat, comme sous un voile, tombait morne, terne, minable ainsi qu'un vieux sou rouillé. Bientôt, sans un rayon d'adieu, il disparut. Le crépuscule se fit; en haut, çà et là, parurent, clignottant, de blondes étoiles. Germaine, avec ses cheveux à reflets étranges, avait l'air d'être leur sœur dégringolée.

Elle ne savait ce qu'elle avait, ni ce qu'elle pensait; elle était toute drôlette, comme annihilée, joli rien du tout, devant la mer immense. Elle aimait respirer le parfum de white rose; et elle ne le sentait plus, une forte brise lui soufflait au visage les odeurs du large.

❀ ❀

La nuit fut mauvaise, encore pleine de rêves, mais peu agréables. Le jour se répandait à peine que Germaine se leva. Son moral étant triste, le matin le lui parut aussi. Les arbres, le clocher, les maisons, très ternes,

tout en gris. Soudain, le rouge des groseilles
la tenta de nouveau; de si bonne heure, elle
serait seule assurément.

Pas plus vêtue que la veille, promenant à
travers les sentes du jardin la gaieté de ses
bas mauves, si ténus, de sa peu très blanche,
de ses lèvres carminées et souriantes, des toi-
sons d'or, des yeux qui brillent, elle commençait sa récolte, quand surgit encore la
vieille.

Cette fois, elle fut plus vive :

— Vous êtes donc maudite pour vous montrer ainsi? C'est pourtant pas la mode, dans
la capitale? Moi, je m'habille, point belle-
ment, mais je m'habille, le matin, avant
l'ouvrage... Bon sang! même lorsque je suis
allé à la mer, il y a longtemps de ça, lors de
mon mariage, j'avais sur le dos une robe
usée; on n'a rien vu, rien de rien... Il faut
rentrer, la petite dame, et vite...

La vieille saisit Germaine par le bras. Elle
se montait, la maman!

L'histoire de la première escapade ayant
couru le village, les garçons, dans l'espoir de
voir quelque chose, s'étaient embusqués derrière les haies; des regards passaient dans
l'enchevêtrement des feuilles, entre les pointes d'épines. On s'amusait aussi, et dur, derrière les épaves de bateaux. Les gars n'avaient
jamais vu de chair si élégante, de bas si
fins. Quand la vieille appela Germaine « petite dame » et la toucha, marquisette, au contact de ces doigts rugueux, se fâcha, et son
corps devint tout rose de colère :

— Lâchez-moi!... Hier, je comprenais; mais
aujourd'hui, il n'est pas sept heures... En
voilà un pays d'idiots!... J'en ai assez d'une
campagne où on ne peut pas se balader tranquillement. Sont-ils bêtes, ces imbéciles-là!...
Je veux m'en aller, et tout de suite... Qu'on
attelle la carriole, pour me porter à la gare,
où j'attendrai, s'il faut... Je ne veux pas rester une heure de plus dans cette fichue auberge... Je veux m'en aller!

Scandant chaque mot, elle répéta encore *

— Je-veux-m'en-aller !

— Mais... que dira M. René?...

— Ça m'est bien égal... Il n'est bon à rien,
ce petit éreinté!... Qu'on attelle aussitôt tandis que je m'habille, mère Markoff... Je file
d'ici... Oui, je « me tire ».

❀ ❀

Sur la grand'route court une patache, con-
duite par le fils Markoff, encombrée de Germaine et de son bagage, de malles, de para-
pluies, de cartons à chapeaux, et même d'une
liasse de varechs.

Un drôle d'équipage et un amusant con-
traste : ce paysan rasé, à longue chevelure,
en chapeau à grands bords, la veste bleue
avec un calvaire jaune dans le dos, sa ceinture à plaque de cuivre, éblouissante d'éclat,
poinçonnée de méandres, reluisant presque
comme un miroir, ses larges braies noires
plissées et le mollet serré; ce farouche dadais,
habillé comme un de ses ancêtres; puis, cette
dernière création à la mode, cette blondi-

nette au pouf énorme, en jupe de satin gorge
de pigeon, sur laquelle des bouquets pom-
padour rose et bleu tendre sont jetés, en souliers vernis et gants cendrés où s'étalent des
pattes noires, les cheveux ébouriffés traversés au-dessus de la nuque, ainsi que sa capote
cerise exquisement chiffonnée, d'une lance
d'écaille blonde à pointe de diamants.

Elle était joyeuse, Germaine, de rentrer à
Paris. Elle était gaie comme la journée de
soleil, comme les alouettes qui de temps à
autre s'élevaient, de chaque côté de la route,
allant se perdre dans l'azur en un chant
infini; à mesure qu'elles montaient, elles devenaient plus petites, et les notes plus faibles;
on les entendait encore qu'on ne voyait
d'elles qu'un point noir dans le bleu; puis,
l'haleine leur manquant, délicieusement,
elles se laissaient choir parmi les blés.

Le gars, lui, ne soufflait mot, ayant peur,
sans doute, que la fée qu'il avait à son côté
ne s'envolât comme les alouettes; il conduisait un rêve.

Germaine fredonnait :

> A poussa comme un champignon,
> Malgré qu'elle ait r'çu plus d'un gnon,
> L' soir, en faisant la cabriole
> A Batignolles.

Et des sirènes, au bord de l'océan, imploraient Germaine dans le bruit des vagues de la marée montante :

— Petite Parisienne, ne t'en va pas!

Tout à coup elle s'interrompit. Une idée lui passait par la tête :

— Mais pourquoi le père Markoff n'a-t-il pas envoyé son gars, au lieu de la vieille, pour me faire rentrer quand je mangeais des groseilles?... Je ne le connais pas; mais ce doit être intéressant, le fils d'un homme qui tombait des ours... Il m'aurait eue dans l'herbe... Ç'aurait été gentil...

Le gars sentit à la tête comme un coup. Cette femme, il aurait pu l'étreindre, comme ça ! A cette image son sang refluait dans le cou et aux tempes. Il avait une rude envie d'avouer qui il était; il serait peut-être encore temps. Enfin, rouge comme une braise, en balbutiant :

— C'est moi... le fils Markoff... Grégoire... Ah! si j'avais su!... et si vous vouliez?...

Disant cela, il était si attendri, si comique, que Germaine fut prise d'une gaieté folle, spasmodique :

— Est-il bête, cet imbécile-là !... Non, est-il bête !...

Grégoire, tout sot, décontenancé, ne trouvant rien devant cet accès d'hilarité, se vengea sur la jument et la bourra de coups de fouet. La carriole dévalait la côte avec fracas; chaque fois que le gars voulait placer un mot, la voyageuse repartait d'un éclat plus fou :

— Est-il bête, cet imbécile-là!... Non, est-il bête!...

Enfin, comme on approchait de la gare, Germaine ayant tellement ri, que depuis deux, trois minutes, elle était tranquille afin de respirer, Grégoire, reprenant ses sens, prononça une phrase confuse où on pouvait comprendre vaguement qu'il « lui aurait donné son cœur ».

Le modillon n'y tint plus :

— Ton cœur ?... Je ne le moucherais pas avec des pincettes...

Germaine avait gardé un triste souvenir de Touraneuc; elle n'avait point cherché à revoir Mauvieuse.

Le père, seul, après s'être entraîné, avait fait une tentative pour son propre compte; ça l'avait indignée.

C'était en octobre, au moment de la rentrée à Paris.

Le lendemain, elle rencontra Georges Decroix, le peintre et l'amant des danseuses; se cambrant, elle croisa baïonnette devant lui, avec son ombrelle fermée.

— Tiens, Germaine! Toujours avec Mauvieuse?... On dit que tu es lancée.

— Pas trop maintenant.

— Tu l'as donc lâché?... Quelle folie!...
Gentille, charmeuse comme on ne l'est pas,
tu devrais avoir chevaux, voitures, hôtel à
toi...

— D'abord, j'en ai assez de tous ces man-
nequins!... Il faut trop se tenir, avec eux...
et je n'aime pas être cramponnée...

Elle s'arrêta un instant, comme si elle
cherchait à formuler une autre raison pas très
nette dans son esprit; elle se doutait d'une
vérité, elle qui n'avait, certes, pas une collection de pensées en son cerveau de grisette.
Avec une moue adorable de résignation :

— Non, tu sais bien que ce n'est pas encore possible... je n'ai pas vingt ans... Nous,
nous arrivons à l'ancienneté... Je suis trop
jeune!... J'aurai des chevaux, un hôtel épa-
tant, mais plus tard... avec les pattes d'oie
et la première ride.

LE PETIT-FILS DE FAUST

LE PETIT-FILS DE FAUST

Il venait d'assister à une représentation du chef-d'œuvre de Gounod : *Faust*. Après un tour au cercle, où il acheva de perdre son dernier argent, le petit-fils du célèbre docteur rentra chez lui très triste, car il était amoureux d'Alice Penthièvre, et, après le spectacle, il l'avait vu monter en voiture avec son vieux singe. Oui, elle l'avait lâché pour un boursier, qui, ayant bénéficié d'un million et demi dans ses spéculations sur la fameuse société Bontoux, avait eu le nez de flairer la débâcle et de liquider.

Au sortir du tripot, le petit-fils de Faust avait admiré la lune comme un louis d'or jeté à la nuit, discrète entremetteuse tirant sur les amoureux des rideaux étoilés; et, à présent, il écrivait un sonnet dont les rimes,

4

à travers les rues, bourdonnèrent dans son
crâne :

BATAILLES DE LA VIE

Vingt ans, au plus: couchée à côté d'un vieillard
gourmand de sa peau douce et de son air très crâne,
elle a de longs cheveux dorés; pour lui, son crâne
enfonce en netteté les billes de billard.

La mignonne a le sac d'un financier paillard
et presque impuissant, qui la tira de la panne.
Mais c'est dur le métier! La blonde se profane
devant le youtre. En bas, attend un corbillard.

Il faut gagner l'hôtel qu'elle a sur l'avenue.
La jeune horizontale, adorablement nue,
tâche en vain d'exciter son amant circoncis.

A-t-elle le dégoût, sur le barbon qui tarde
et tâtillonne trop, d'un viveur, rentré gris,
s'éveillant, le matin, près d'une vieille garde?

Quand il eut achevé le dernier vers, ac-
coudé sur la table, la tête dans ses mains, il
pensa d'abord à la folie des millions qui agite
Paris, puis à son aïeul.

On n'est pas plus naïf que ce docteur. Il prétendait tout savoir : la philosophie, le droit, la médecine, la théologie aussi; mais, s'il avait eu à ses travaux une autre distraction que d'invoquer Phœbé, en l'appelant sa douce et mélancolique amie; s'il avait étudié la vie, au lieu de s'être courbé, presque sans trêve, sur des livres poussiéreux, il n'eût pas demandé à Méphistophélès, en échange de son âme, de lui donner la jeunesse. Le docteur, quand le diable lui offrit la fortune, n'eut pas assez d'injures pour l'or et ses plaisirs. La jeunesse a tous les privilèges... Ceux qui se le figurent peuvent se fouiller et voir s'ils ont des louis dans le gousset et des billets de banque dans le portefeuille... Les apparitions surnaturelles ne sont plus dans le mouvement, car, si le diable consentait à se montrer, le petit-fils de Faust lui vendrait volontiers ce qu'il peut avoir d'âme pour obtenir l'opulence et la vieillesse.

Comme il réfléchissait de la sorte, il entendit un léger bruit de pas, et, dirigeant ses regards vers la porte d'entrée, il aperçut un

inconnu très distingué, qui après s'être in-
cliné, s'approcha et lui remit une carte sur
laquelle étaient gravés, sous une couronne
fermée, ces mots :

Prince de Satan

Le jeune homme pria le visiteur de s'as-
seoir et lui présenta une boîte de londrès en
le priant de choisir. Il ajouta :

— Pardon, monsieur... Mais, qu'est-ce qui
me prouve que vous êtes réellement le
diable ?

Satan prit sur la cheminée quelques allu-
mettes de la régie et, coup sur coup, en al-
luma sept.

C'était extraordinaire.

Le petit-fils de Faust, convaincu par cette
manifestation évidente d'une puissance supé-
rieure et mystérieuse, parla en ces termes :

— Mon aïeul, qui eut l'honneur de traiter
avec vous, vous livra son âme, moyennant

quoi, sur son désir, vous l'avez rendu jeune.
Il a pu conter fleurette à Marguerite et voir,
ce dont il n'aurait pas été capable quand il
bouquinait, à ses paupières mi-closes, sur ses
lèvres fraîches, plus de charmes que dans
toute la sagesse de l'univers. Moi, le petit-fils
de Faust, je suis jeune, et pourtant, je n'estime pas que ce soit le bien préférable de la
vie. L'homme, pendant son enfance, ignore
tout. Il use, ensuite, sa jeunesse, même son
âge mûr, en efforts qui parfois ne sont pas
couronnés de succès, afin d'acquérir pour sa
vieillesse, le repos et la fortune. Un employé
obtient sa retraite, c'est-à-dire le bonheur,
après trente ans de soumission et de régula-
rité. Un commerçant devient rentier après
avoir perdu le meilleur de son existence dans
un magasin; un militaire reçoit, quand il est
sur le tard, les épaulettes de général admi-
rées par les belles dames et saluées par les
messieurs; un artiste, peintre, musicien, écri-
vain, sculpteur, n'a la renommée et le succès, ne possède, surtout, la fortune, rêvée
pour satisfaire ses caprices de grand seigneur

(car l'artiste, digne de ce titre, est aristocrate), qu'au temps chenu où, depuis des
hivers, la jeunesse s'est envolée, en pleurant,
au milieu des illusions. C'est pourquoi, monsieur, peu désireux de rester à la peine,
pressé d'arriver à la jouissance et au but, je
serai enchanté, si vous pouvez me l'accorder,
ce dont je ne doute pas, d'être, tout de suite,
respectablement vieux et millionnaire.

Méphistophélès, qui fumait son cigare,
avait écouté de la façon la plus polie le petit-
fils de Faust, car il lui avait prêté une attention scrupuleuse; et, certainement, il savait
d'avance tout ce que le jeune homme avait
à lui confier.

Il dit d'un ton familier :

— Je devine, mon cher, que vous êtes sous
le coup de l'éternelle question de l'amour et
de l'argent. Vous avez dépensé quelque mon-
naie, trente mille francs, tout votre avoir, en
un mois, pour Alice Penthièvre, avenue de
Messine, et, comme vous êtes décavé, vous

avez passé la main. Vous n'êtes pas de ces
amants qui montent par l'escalier de service
et pénètrent par la cuisine. Je vous en féli-
cite d'autant plus, que je suis heureux de
vous l'apprendre, il a été décidé, ce soir, dans
le conseil des ministres auquel j'ai assisté
sous la peau de M. Grévy, que le préfet de
police recevrait la mission de purger Paris
d'au moins dix mille souteneurs... On a le
projet d'en former trois régiments exception-
nels auxquels on fera franchir la mer, afin
qu'ils terminent les affaires du Tonkin. Ils
garderont, d'ailleurs, leur caractère distinc-
tif et auront un superbe costume vert col-
lant, à brandebourgs, avec de hautes casquettes. C'est Grévin qui dessinera l'uniforme
des trois régiments. On en finira de la sorte
avec ces ridicules Chinois... Les journaux, si
M. Grévy accepte la décision du conseil, se-
ront bientôt remplis, aux nouvelles extérieu-
res, de bulletins de triomphe : « Grand combat naval. Les casquettes à trois ponts conti-
nuent à se couvrir de gloire... » A Paris,
voyez-vous, mon cher, le diable doit être par-

tout. C'est éreintant, parole d'honneur!...
Mais revenons à notre affaire. Vous voulez
être immensément riche, sans doute pour
que soient exécutés les moindres caprices
d'une femme ou de plusieurs, vous voulez
être opulent et vieux sur l'heure; j'y con-
sens... Que me cédez-vous en revanche ?

— Mon âme. Elle vous sera livrable par
traité, quand il plaira à Dieu de la séparer
de mon corps.

Satan oublia toute discrétion et poussa un
éclat de rire aux notes aiguës :

— Votre âme, avez-vous dit ? C'est trop
drôle ! N'est-ce pas, tâchons de causer un
peu sérieusement.

Il ajouta :

— L'âme existe. C'est une valeur, mais
elle n'est pas en hausse. Autrefois, j'ai spé-
culé beaucoup là-dessus, il y a une centaine
d'années. Une âme est montée de 500 francs
à 700, puis à 1.200, enfin à 3.000... Cependant, j'ai traversé de fortes crises sans bron-

cher, quand Locke, Condillac, Kant, qui cherchaient le siège de l'âme dans l'eau contenue dans les cavités cérébrales, déclarèrent que toute idée est une sensation continuée; quand Voltaire dit en souriant que l'âme est un mot inventé pour exprimer confusément et obscurément les ressorts de notre vie. J'ai résisté à toutes ces attaques; mais sont venues, après celles de Cabanis, les expériences de Magendie, de Flourens, celles de sir John Lubboch, de Bain, de Huxley, en Angleterre; de Berthelot, de Broca, de Robin, de Vulpian, d'Orbigny, en France... Friedreich écrivit que la même force qui digère par l'estomac pense par le cerveau; Littré, que l'esprit est une propriété de la substance nerveuse, comme la gravitation l'est de toute particule matérielle...

La débâcle menaçait. J'aurais dû m'en douter; ça été le krach des âmes. Je me suis laissé rudement enfoncer. Mais j'ai de l'estomac et j'ai tenu le coup... Quand même, diable échaudé craint l'eau froide. Je ne veux pas de votre âme!... Pourquoi ces prétendus

savants ont-ils tant d'influence? Ils ne me
font cependant, du premier au dernier, que
délayer, en mauvaise prose, ce distique du
poète grotesque, Cyrano de Bergerac :

Une heure après la mort, notre âme évanouie
Devient ce qu'elle était une heure avant la vie.

Vous comprenez donc que je ne puis pas
accepter votre âme, puisque sa distinction
avec le corps est, pour les hommes, simple
procédé analytique. Mais je puis prendre votre jeunesse. Vous avez vingt ans, une chevelure noire et souple, des yeux énergiques
et doux. Si vous voulez, j'acquiers tout cela,
afin de m'en servir à mener à mal quelque
fille chaste, non pas sur la terre, par exemple,
car personne n'y croit plus, aux fadaises, et
les vierges ne s'y laissent plus enjôler par
les fariboles, mais dans les astres qui sont
en retard sur votre planète, et où ne sont pas
encore ridicules les chimères... En retour de
l'abandon que vous me ferez, vous obtien-
drez ce que vous auriez, à force de labeur,

dans une trentaine d'années à peine : la vieillesse et la fortune... Le moyen est facile. J'ai
toujours su ce que les savants découvrent à
mesure dans la suite des siècles. Claude Ber-
nard expose, dans ses études sur le problème
de la physiologie, qu'en injectant du sang
oxygéné, par la carotide, dans la tête d'un
chien décapité, on voit reveni lentement les
propriétés vitales des muscles, des glandes,
des nerfs et celles du cerveau. Si vous me
permettez d'opérer, mon cher. *in anima
nobili*, je vais vous oxygéner jus u'à satura-
tion, et vous vivrez quarante ar dans l'espace de cinq minutes... Me vendez-vous votre
jeunesse ? J'espère utiliser cette défroque
dans une des terres qui tournent autour de
votre soleil.

Après un silence, le jeune homme dit :
— J'accepte volontiers pour être vieux et
posséder à moi seul la bien-aimée qui me
fuit... Penthièvre, ce qui m'étonnerait, car
elle a de l'esprit, est capable, alors, de me
cramponner... A propos, vous savez, je ne

veux pas une passion gênante. Il suffit que
je trouve un amour tranquille et délicieux, le
soir, à dix ou onze heures, après le cercle.

— Comme il vous plaira.

— Alors, signons le pacte !

Ainsi le petit-fils de Faust vendit sa jeunesse, eut soixante ans et enleva, par suren-
chère. Alice Penthièvre au boursier enrichi
dans le désastre de M. Bontoux. Sa blonde
amie le trompait avec un jeune remisier ;
mais, comme il n'en sut jamais rien, il fut
très heureux.

Et même il resta jeune, car, à mesure
qu'elle en voyait, elle lui enlevait ses che-
veuz blancs.

LA MYSTÉRIEUSE

LA MYSTERIEUSE

Et parce que cette femme était partie, son
âme, à nouveau, était plongée en des limbes
morales dont il ne pouvait la sortir.

Le voulait-il sincèrement, du reste ?

La question anxieuse qu'il se posait restait
sans réponse précise. Il le voulait, ah! oui.
il voulait! Mais quelque chose le poignait,
un appétit de voluptueuses souffrances. Il
était donc incorrigible ? De temps en temps.
il se délectait dans la douleur : c'était sa maladie intellectuelle, une maladie qu'il soi-
gnait.

« Elle », justement, par sa gentillesse, par
sa fine espièglerie, aristocrate et enfantine,
l'en avait guéri, ou, du moins, elle l'avait
préservé, longtemps, d'une rechute. Ce

n'était pas le spleen, l'ennui lourd, dont il souffrait ainsi : au contraire, il n'y avait pas une minute sans heurt d'idées en son cerveau surmené. Il avait trop travaillé. Il n'était pas usé, car, au contraire, il avait développé, d'une manière anormale, certaines des facultés de son esprit. Curieux de pensée, des secrets de la nature et de la vie, des cerveaux, des passions, des ruts, des ambitions en lutte autour de lui, tellement que ses nerfs chantaient au moindre effleurement, comme ces harpes éoliennes qu'on met en haut des maisons et dont les cordes se plaignent ou rient, font entendre des accords gais ou tristes, au moindre souffle.

Il se rendait, enfin, compte qu'il désirait surtout l'infini bonheur de souffrir, les vibrations jamais atteintes et toujours désirées plus aiguës, malgré sa peur immense qui était à elle seule une joie — de l'étreinte crispant son cerveau — heures indicibles où l'envahissait l'inconnu.

Elle lui avait dit : « A jeudi ! » Pas le prochain, — non — mais dans quinze jours !

Jamais elle n'était restée si longtemps sans le
visiter. Le prétexte : une absence nécessaire,
un voyage. Or, il ne savait rien d'elle, sinon
le peu, vrai ou faux, qu'elle lui avait dit. Il
ne pouvait ni la retrouver dans Paris, ni la
relancer, discrètement. Il ignorait son
adresse, qu'elle ne lui avait pas donnée; il
lui écrivait, toujours, poste restante. Qui elle
était dans le monde et dans la vie ?... A
quelle classe elle appartenait ? Etait-elle mariée, divorcée, ou bien ?... Il avait pu croire
à son élégance, un peu excentrique parfois,
qu'elle était entretenue. Du baiser elle savait
tout, mais ce n'était pas une raison, cela. Et
puis, il les connaissait toutes, les filles en
vedette, au moins de vue. Dans les endroits
de plaisir, il l'eût rencontrée sûrement. Tandis qu'il ne savait rien d'elle — l'intermittente et la mystérieuse — que son infinie
joliesse, tout son corps patricien, les moindres replis du satin de sa peau, et un pré-
nom, gentil diminutif : Gaby. Peut-être aussi
sa pensée, puisque, petit à petit, depuis un
an qu'ils s'aimaient, il l'avait dégagée des

brumes enfantines, et Gaby était bien diffé-
rente, certains jours, de l'oiseau joli qu'il
avait pris un soir, la première fois. Celui-là
ne savait que lisser ses plumes; il ramageait,
et son gazouillis de linotte ne servait qu'à
la faire admirer. Elle avait de l'esprit, au
sens parisien du mot, de cet esprit que s'as-
similent les plus légers cerveaux, qui tient
en un sourire à propos, pour montrer de
fines dents blanches. Il avait découvert son
âme et « la » lui avait montrée à elle.

Quinze jours à attendre ! Une angoisse
inexprimable lui serrait la poitrine. Cependant, elle l'avait quitté sur un gentil baiser.
Un baiser sincère, — pensait-il. Etait-il bien
franc, sans arrière-pensée, ce baiser un peu
distrait ? Elle était pressée de partir, effarée
à l'idée d'un retard. Elle pensait à des choses
qu'il ne savait pas, en le lui donnant. Peut-
être songeait-elle à un autre homme, un
Autre plus fort que lui en elle, à ce moment-
là ?

Non, c'était impossible, absurde. Il devenait jaloux. Oh ! jaloux d'elle, dont il ne sa-

vait rien, dont il n'avait que quelques heures de temps en temps. Non, il se torturait
« à plaisir ». Cette expression banale « à plaisir » comme elle était vraie ! « Se torturer à
plaisir ! »

Oui, c'était encore une jouissance, cette
torture : il se l'était créée. Ils s'étaient sépa-
rés déjà, pourtant, bien des fois, mais ce
n'était pas pareil. Quand elle l'avait quitté,
les autres fois, il la sentait encore près de
lui; elle lui laissait, chez lui, dans son appartement de vieux garçon, quelque chose de
subtil qui était « Elle ».

Qui l'obligeait à une si longue absence ?

Il fallait pour lui avoir dit adieu ainsi,
cette fois, qu'elle en aimât un autre — « l'Autre » redouté — dont il sentait toujours pla-
ner sur lui l'ombre menaçante. Et, soudain,
l'idée de « l'Autre » grandissait en lui, de
celui qui, peut-être, l'avait prise définitive-

ment, et puis celle aussi d'une solitude irré-
médiable, la solitude effrayante, éternelle,
semblait-il — maintenant qu'elle était partie.

Seul, il était tout seul. — Sortir, voir des
amis, courir la ville grouillante, bruyante,
— où des gaîtés, des indifférences énervaient
encore sa tristesse, — se mêler à Paris agité
de joies, de chagrins, de fièvres? Aujour-
d'hui, il en était incapable. Et puis ce serait
encore plus triste, la solitude dans la foule,
la cohue qu'il haïssait à présent.

« L'autre? »

Il prenait sa tête dans ses mains, pour
réfléchir, connaître — s'il pouvait parvenir,
au moins, à se le figurer — l'ennemi. « L'autre », c'était peut-être un mari? ou un amant
qu'elle avait depuis longtemps, celui qui la
faisait vivre? Mais elle déclarait être indé-
pendante, laissait entendre même qu'elle
possédait une certaine fortune.

Et si elle ne revenait pas, ce jeudi? Ne
sachant où la rencontrer, que ferait-il? Comment lutter avec l'Autre, insaisissable, dont

il ne savait rien, ni le rang, ni la beauté ou
la laideur, ni l'esprit, ni la richesse ou la
pauvreté? Il ignorait quelle place il pouvait
tenir dans son cœur, dans sa tête, dans son
existence de linotte.

Parce qu'elle était partie, jaloux atroce-
ment, il redoutait d'avoir, à toujours, perdu
son rêve. C'est qu'elle avait comblé un grand
vide en lui, cette femme, non qu'elle fût
moins banale que tant d'autres femmes qui
l'avaient déçu, mais elle était très belle et très
bonne; il l'avait chérie d'abord pour cela,
sans donner à ce sentiment une grande por-
tée cérébrale.

Ensuite il avait fait jaillir de cette femme,
exquisement jolie et moderne, une personnalité contrastant avec sa propre mélancolie;
il s'y était attaché profondément par ce con-
traste qui le redressait en ses pessimismes. Il
avait aimé ses chatteries câlines et friponnes,
sa diversité, ses caprices — originaux souvent. Elle le complétait enfin, lui, plutôt sérieux et grave, de sa gaieté d'oiselette apri-
line, amusée d'un papillon.

Cette fois, il sentait qu'elle avait emporté
son âme à « Elle » et son âme à lui, car elles
étaient liées étroitement. Et si elle revenait
plus tard, il s'imaginait que ce serait Elle,
sans doute, mais une femme toute autre,
parce que son âme serait restée là-bas où elle
serait allée.

Enfin, ce jeudi si espéré et si redouté était
venu. C'était le jour fixé, c'était l'heure, la
même heure où elle était entrée chez lui, la
première fois, un doigt ganté sur la voilette
noire et sur la petite bouche rougie : « Chut!
c'est moi ! Ne le dites jamais à personne ! »
Maintenant, il écoutait battre son cœur
comme, pendant les nuits d'insomnie, le
battement d'une pendule rythme des paroles
diffuses de demi-songe.

La sonnette tinta vivement. Il courut ouvrir, lui-même. Elle! c'était Elle! Gaby!

Alerte, mince, très gaie, ravissante, après
s'être laissé embrasser sur les yeux, sur les
lèvres et parmi les menus frisons de la nuque,

où le grisait son odeur de femme, elle jeta
son chapeau sur le divan, défit son manteau,
avec de jolis gestes gamins. En babillant,
elle redressait les pétales mauves d'un ca-
tleya épinglé à son corsage? Déjà elle racon-
tait une aventurette, blaguait des gens in-
connus de lui, qu'elle contrefaisait, babillait
à tort et à travers.

Elle était heureuse, insouciante, elle avait
des « tas de choses » à lui dire. Et lui, il la
regardait, éperdu. « C'était vrai, elle n'était
plus du tout la maîtresse du coup de l'étrier,
l'autre jour. C'était une étrangère qui ressemblait à Elle... » Et, tout à coup, il s'écria :

— Mais ce n'est plus toi!

Elle rit aux éclats, blonde, avec des frisons en diadème flou autour du front, les
yeux d'améthyste, striés d'or, sous les longs
cils, la bouche tentatrice, fleur entr'ouverte :

— Plus moi!... Tu es fou!

— Non, ce n'est plus toi. Tu as laissé ton
âme là-bas, la mienne aussi, que tu m'as
prise, la dernière fois, en t'en allant. Il les
aura volées, *l'Autre !*

Elle le défiait, forte de sa joliesse, de l'attraction de ses cheveux blonds, de ses lèvres rouges, l'air de dire : « Je ne suis qu'à moi, et tu m'appartiens, toi qui me regardes avec ce désir, malgré tout. » Dans un nouvel éclat de rire, elle le cingla gentiment :

— L'Autre?... Et pourquoi pas, *les autres*, mon cher?

LA TOUX

LA TOUX

Depuis trois ans, Georges Decroix, peintre, fils de peintre, sentait dépérir son vieux père, et, depuis près de six mois, il craignait que le dernier souffle de vie fût au bout de chaque accès de toux secouant ce long corps nerveux et desséché.

Parfois, dans les passes d'accalmie, Edme Decroix essayait de reprendre les pinceaux efforts naïfs d'un laborieux habitué au travail.

Le brave homme avait eu, jadis, une certaine réputation; mais ses meilleurs tableaux étaient de la médiocre peinture classique, dans le mauvais sens de cette épithète. Ses personnages avaient l'air en bois.

Il n'en était pas de même, certes, des gracieuses petites femmes, des viveurs pourris de chic, des mendiants loqueteux mangeant

la soupe, le matin à la porte des cabarets du
boulevard, des balayeurs de nuit aux alentours de l'Opéra, des actrices dans les cou-
lisses, des gardiens de la paix, des ballerines,
des petites du foyer de la danse, tout ce
monde si bien saisi par son fils, un malin de
la jeune école impressionniste, le peintre
subtil, pas encore très connu pourtant, de
la vie parisienne, élégante ou haillonneuse.

Aussi le père, habitant avec sa femme et
sa fille, au troisième, rue de la Tour d'Au-
vergne, où dort une tranquillité provinciale,
ne descendait presque jamais à l'atelier de
Georges, un coquet pavillon, de l'autre côté
de la cour, sur laquelle ouvraient les fenêtres
de l'appartement; il s'y emportait trop contre
le mauvais goût de l'époque décadente, devant cette couleur lumineuse, ces taches
claires aux effets vibrants :

— Tu suis bien mal mes conseils, mon pauvre garçon... Va donc revoir, admirer, étudier, imiter les magnifiques œuvres de David, de « monsieur » Ingres...

Ses reproches, ses mots de colère, avaient

été interrompus par le manque de respiration, par une de ces toux violentes qui l'abattaient l'anéantissaient presque; il était resté un quart d'heure suffoqué d'indignation, presque sur le point de rendre la vie.

Georges Decroix éprouvait de ce trépas de son père, continuellement menaçant, une profonde souffrance, tous les jours plus douloureuse, plus aiguë. Personne ne s'apercevait de cet état de cœur, ce Parisien n'étant point de ceux dont les pupilles des yeux ressemblent aux étroites ouvertures par où, dans quelques maisons, les curieux lascifs contemplent les voluptés de la misère humaine. Volontiers, il s'exprimait sur les hommes et les choses avec scepticisme et ironie; ce sont les deux masques les plus agréables, dans une époque perverse à l'excès, pour les gens de vertu sans prétention, afin de n'être pas remarqués.

Bientôt, il ne serait plus là celui de qui

il était né. Georges songeait, par avance, à
ce vide parmi sa famille; il analysait artis-
tiquement la cruauté de cette éternelle et
prochaine séparation.

Eternelle, en effet. Parfaitement athée,
ayant appris beaucoup, familier des anciennes et nouvelles spéculations philosophiques,
soucieux du mouvement de la science, ne
négligeant point de penser, ce peintre extraordinaire ne croyait pas — triste résultat de
ses méditations ridiculement fréquentes —
que l'âme survécut au corps; l'un et l'autre
perdaient, à son avis, leur existence per-
sonnelle.

Convaincu de la disparition de l'être,
n'ayant pas l'espérance consolatrice de retrouver plus tard, et pour toujours, celui
qui le quitterait bientôt, Decroix, sous le
coup d'une sentimentalité plus forte que sa
raison, enfin d'une imagination très vive,
avait, presque chaque jour, le cœur brisé
par la mort de son père.

Sa chambre était au fond de son atelier,
derrière les tentures de soie bleue brochée

d'argent d'une galerie : on y montait par un
léger escalier à la rampe couverte, avec une
négligence calculée, d'étoffes anciennes, de
tapis orientaux, de chasubles coquettes.

Entendant de son lit, à travers la nuit si-
lencieuse, *la terrible toux*, *l'épouvantable
toux*, il se figurait que son père allait mourir avant l'aurore; et lui, qui avait de l'esprit, il se surprenait, seul heureusement, —
l'émotion lui étreignant la gorge, de grosses
larmes aux coins des yeux.

❀ ❀

Un soir de mars, qu'il était allé dîner dans
un café du Quartier Latin pour éviter cette
poursuite de la toux crevante, abominable,
il ramena une jeune femme très gentille,
mais étrange et bronzée. Mignonne, gras-
souillette, adorablement fraîche, souriante,
des lèvres sensuelles, aussi rouges que les
fleurs de l'azoka, mais pas fortes comme celles de sa race, des pendants de grenat à ses
fines oreilles bien ourlées, le profil relevé,

mutin, assez espiègle, d'une modiste parisienne, des yeux félins, troublants, aux regards froids, pleins d'une torpeur étrange,
des yeux qui ne sont pas un miroir, où de
l'inconnu gît dans les prunelles, elle s'appelait Rasaï, dit-elle : née à Ceylan, elle avait,
par suite de circonstances, quitté la ville de
ses parents, Mathoura, à l'âge de trois ans,
et elle avait grandi à Montrouge. Rasaï, — le
nom était joli de la petite Hindoue; — mais
Decroix la baptisa tout de suite : *Yoni*. Elle
avait rougi, puis ri, et ils étaient devenus
amis.

En un coin de l'atelier, sur une table du
dernier siècle, brûlait un ruban de parfums,
dans le ventre d'un hippopotame de bronze,
aux pieds de Laksmi, la déesse indienne, dorée, constellée de fausses pierreries, rubis,
turquoises, topazes, émeraudes, saphirs. La
déesse tenait à la main le lotus rouge, em-
blème de la vie nouvelle, de la fécondité, de
la régénération. Les Egyptiens, lorsqu'ils
momifiaient une femme, mettaient un lotus
entre ses lèvres mystérieuses pour les puri-

fier. Si les dieux existent, Laskmi semblait, tendant le lotus rouge, la fleur du meilleur amour, lourde de pollen, pardonner d'avance à la petite amoureuse hindoue.

Yoni était assise sur un divan, dans la pénombre d'une sorte de tente dressée sous la galerie; des coussins traînaient à terre. Decroix déshabilla ce délicieux bronze vivant, effarouché un peu, juste comme il faut, et savoura, en peintre d'abord, sa délicate beauté. Yoni, toute nue, était adorable; aux fossettes du menton et des joues correspondaient, dans les secrets de ce corps svelte et souple, d'autres fossettes exquises. Il la parcourut avec les caresses de ses doigts et de sa bouche, et, enfin, en étreignant de ses mains folles les deux seins dorés, l'enveloppa profondément.

Tout à coup, à ce moment précis, vint à lui, du troisième étage, la toux d'Edme Decroix, — *une toux saccadée, déchirante,* — qui semblait emporter des morceaux de poumons. Il étreignit Yoni avec une sorte de rage.

6

Decroix n'était point, à cette période de
sa vie, trop libertin. Son amour pour les
femmes, à la marque du chic parisien, pour
les élégantes en toilettes merveilleuses, les
chanteuses d'opérette aux robes courtes,
qu'elles retroussent d'un coup de pied fripon
en montrant la jambe, les danseuses en jupon de gaze, pour tous les minois pimpants,
alertes, chiffonnés, qui mettent, grâce et
gaieté de l'existence, comme une griserie
dans l'air, consistait en un goût platonique
pour leur joliesse, pour leurs silhouettes
triomphantes; sur ses toiles seulement, il
cherchait à les saisir.

Il n'avait jamais eu de grandes passions.
Lorsque, par exemple, au théâtre, une actrice
lui plaisait, il ne cherchait pas toujours à
la connaître et s'en fiait au hasard; il se con-
tentait d'acheter sa photographie, dont il restait épris jusqu'à ce qu'un autre portrait vînt
le remplacer dans le cadre japonais où se
succédaient ces chastes amantes, chastes avec
lui.

D'aucuns, assez vils, oublient leurs cha-

grins à force de boire; Decroix, lui, se grisait avec sa maîtresse brune. Il la chérissait
véritablement; d'ardents désirs qu'il avait
ignorés jusqu'à elle s'éveillaient en lui. Il
était altéré du vin de feu qu'elle lui versait;
les jours où la toux résonnait en haut, *mono-
tone, régulière, persistante, par moments fu-
rieuse,* il collait avec avidité ses lèvres frissonnantes à la coupe du yoni qu'elle lui abandonnait; il s'enivrait de volupté, de ce bien
de l'homme, par lâcheté, pour se dérober,
— dans l'extase — à l'obsession.

Quand il lui demanda les détails de son
histoire, elle se borna à répéter qu'elle était
de Mathoura, que sa mère était indienne, que
son père était de Paris. Une fois, elle vint le
voir accompagnée d'un bébé de deux ans au
plus; comme il lui dit « maman », elle le
battit un peu et le gronda très fort. « Je
veux qu'il m'appelle : tante; j'ai mes rai-

sons pour ça. » Elle n'entra pas dans une explication.

Un brin poitrinaire, elle avait attrapé une pleurésie qu'elle avait mal soignée et dont elle n'avait jamais été bien guérie. Une nuit d'avril, dans un des repos charmants qui suivaient leurs caresses forcenées, lui passant ses bras au cou, elle murmura :

— Si je mourais avant la fin de cette année, il y a une petite fleur que j'aime beaucoup, le myosotis, je voudrais ta promesse d'en porter sur ma tombe.

Cependant l'asthme devenait plus grave, plus lourd. Comme, le printemps arrivé, le père aimait rester allongé sur sa chaise roulante devant la fenêtre ouverte, pour respirer, à son idée, plus à l'aise, pour sentir l'air tiède de l'avril, Decroix percevait, mieux encore : *la toux continuelle, glaireuse, harcelante.*

Alors, quand Yoni était là, il enfonçait sa tête entre les seins de la petite Hindoue, fermes comme des grenades, éperdument. Il évoquait les pagodes millénaires, la galerie

des chevaux de granit du grand temple de
Mathoura, l'étang sacré des lotus, le lingam
d'or au fond d'un sanctuaire. Mathoura, le
pays des pierres précieuses, le berceau de
son amie. Alors, surprise de cette ardeur
croissante à l'embrasser, il lui arriva d'attirer à sa bouche le front de son amant; après,
elle interrogea, le regardant fixement dans
les yeux :

— Il y a des jours où tu sembles m'aimer
davantage. Pourquoi?

*La toux, en ce moment, descendait sur
eux, pénétrante.*

Quand elle se taisait, Decroix était tellement énervé, surexcité, que maintenant il
saisissait les efforts pénibles de son père pour
prendre et renvoyer le souffle. Et, *quand la
toux recommençait aiguë, irritée, irritante,
tumultueuse,* il répliquait navré, aux accès
plus violents par des baisers plus forts et plus
fous.

Il s'attendait à une catastrophe d'une minute à l'autre; il répétait à Yoni :

« — J'ai, à te voir, ô mon amie, un plaisir infini... Sois ici le plus souvent que tu
pourras, dis... »

Sans se douter qu'il recherchait autant le
plaisir qu'il voulait fuir sa méditation soli-
taire et poignante, son angoisse, sans soup-
çonner la fièvre bizarre qui la faisait tant
désirée, tant chérie, tant adorée, elle,
d'amour simple, vint, chaque jour, quand
la crise fut proche.

Le matin du vernissage, des amis, Schavyl,
Montclar, journalistes parisiennants, frap-
paient bruyamment à la porte de l'atelier de
Decroix. Les yeux encore humides, la figure
tirée, il leur annonça la mort de son père. La
veille, à quatre heures, il avait expiré dans
une secousse de toux.

Les amis prirent la tête de circonstance et
prononcèrent quelques phrases difficiles,

comme on en cherche en pareille occasion;
ils montrèrent, pourtant, une affection par-
tant du fond du cœur. Soudain, il interrompit :

— Je me suis occupé de tout, hier soir;
l'enterrement aura lieu, demain, à midi.
J'ai passé la nuit au chevet de mon père et
je n'en puis plus devant mes parents en
pleurs... Quelques heures dehors me feront
du bien. Je vais avec vous... Qui a une cigarette ?

Georges Decroix avait envoyé deux pastels
réunis; l'un représentait une belle et blonde
gardeuse de moutons, une gaule à la main;
l'autre, en un boudoir tendu de satin blanc,
la même fille, debout, splendide, se mirant
dans une psyché, vêtue seulement de bas de
soie noirs, au milieu des dentelles et des flots
de rubans de la chemise tombée à ses pieds.

Tableau refusé par inconvenance.

En route, Decroix blagua encore un peu le
jury; il était très gai, d'une gaieté affectée,
toute de nerfs. C'était dans son caractère et
son système. Peu importe que la pensée soit

plus lancinante ! Nos chagrins gênent ceux
qu'ils n'attristent pas autant que nous. Pour
les autres, même ses amis, il faut habiller de
rose sa douleur souriante.

Ils trouvèrent le printemps avenue Mari-
gny ; le soleil radieux éclatait sur les tendres
feuillages ;   les   marronniers   pomponnés
étaient traversés de lumière ; des promeneurs
en veston filaient alertes ; des cavaliers montaient au Bois. Un drag au trot de quatre
chevaux, des charrettes anglaises, des tilbu-
rys, des victorias, des fiacres découverts. Le
ciel sans nuages, d'une douceur d'azur infinie, resplendissait.

Ah ! le vernissage, fête attendue avec impatience ! Enfin, dans le palais, dans le bazar,
voici la cohue, un coudoiement perpétuel,
une série de renfoncements, une orgie de
femmes nues, une débauche de peinture, de
la cimaise au plafond, les bousculades devant
les tableaux à succès, les robes neuves fripées
des mondaines, des actrices, des acteuses, des
modèles, les flirtages, les poignées de mains,
les éloges menteurs, les sincères ironies, les

gardiens en « livrets ». Dominant le tout,
quelques rares encadreurs sur des échelles ;
la poussière, la migraine.

Pendant la course à travers les salles,
Decroix, maître du deuil de sa pensée intime,
lançait, en face des croûtes exposées, le mot
juste, drôle ; son plus vif enthousiasme fut
pour deux horizontales, Alice Penthièvre et
Marthe Fleur, jolies à ravir. Alice, drapée
dans un dolman bleu, bordé de fourrures ;
Marthe, en tunique de foulard marron sur
une jupe de foulard écossais. Gontard, viveur
pas trop bête, les conduisait « en paire »,
dit-il, et il ajouta :

— Vous déjeunez avec nous. Vous êtes de
la bande ? J'ai une grande table retenue chez
Ledoyen, dans le petit bain... Vous verrez, je
prépare un toast à la truite sauce verte...

Decroix accepta la joyeuse partie comme
les camarades ; mais bientôt :

— Ne m'en veuillez pas... Je vous quitte.

Il était à bout de forces et pâle affreuse-
ment. Ses amis, qui savaient, n'insistèrent
pas. Alice Penthièvre et Marthe Fleur lui

demandèrent ce qu'il avait ; il répondit, les
lèvres glacées, frissonnantes, par un petit
geste d'adieu rapide, et, soudain, disparut
dans la foule.

❀ ❀

Une semaine après l'enterrement d'Edme
Decroix, Yoni, appelée par un billet de
Georges, entra dans l'atelier. C'était un soir
de mai délicieux, plein d'étoiles. Un parfum
d'ambre fumait et répandait son odeur capiteuse.

Dans ce premier revoir après la mort qui
avait séparé leurs amours, — faisant chacun
vers le sentiment de l'autre un bout de chemin, ils s'embrassèrent, elle, un tantinet
affligée, lui, le contentement dans les yeux.

Puis, sur les coussins, les caresses endor-
mies s'éveillèrent. Il dévêtit sa maîtresse ;
sa statue vivante, toute bronzée, il la coiffa
d'un diadème indien, la ceignit d'une étoffe
d'or. Caressant sa maîtresse, il lui dit, car il
se plaisait à ajouter à la réalité par l'imagi-

nation, des vers traduits d'une amoureuse
épopée hindoue : « Tu es venue, soulevant la
ceinture de tes larges hanches, après avoir
enlevé les anneaux de tes jambes. A cette
heure de minuit, pourquoi demeurerions-
nous dans le désir ?

Comme il étreignait Yoni, comme il butinait sur des lèvres passives qui commen-
çaient à devenir ardentes, il s'arrêta, cherchant, hésitant. Les baisers n'avaient plus
de saveur. Quel charme, quel piment s'était
envolé ? Il fut secoué comme par un spasme.
Le charme des femmes vient souvent de ce
qu'il s'harmonise avec certaines circonstances. Quelle horreur ! *La toux de son père lui
manquait.*

❀ ❀

Yoni retourna deux fois encore chez son
amant ; elles étaient évanouies en mai,
comme des songes, les ardeurs d'avril. La
gentille hindoue avait perdu la moitié de son
prestige. Utilité physique encore, plus
d'utilité morale. Leur liaison devenait pure-
ment banale.

Du reste, Yoni — (*Quels soleils de l'Eden
ancien regrettait-elle ?*) — se mettait à être

malade aussi, à se plaindre plus souvent d'oppressions, à tousser, mais gentiment.

Elle redit encore :

— Si je mourais bientôt, tu m'apporteras au cimetière un petit bouquet de myosotis.

Cependant, avec sa subtilité de femme, elle comprenait que Georges cessait de l'aimer, et soudain, il ne la revit plus.

Deux mois après, dans la rue, Montclar lui apprit, en l'abordant :

— Tu sais ? Rasaï ?... Yoni, enfin, tu te souviens ?... Elle est morte. C'est sa pleurésie qui l'a finie. On l'enterre, ce soir.

Et, comme Decroix demandait l'adresse, Montclar la lui donna et partit :

« — Je suis pressé... »

L'hiver, allant avec Montclar, voir le poétique ballet, *Siéba*, où la Cordi faisait alors admirer au public sa danse et aux délicats sa mimique d'un génie charmant, Decroix avoua, car l'un d'eux avait évoqué la mémoire gracieuse de la petite hindoue :

— Je ne sais ce qui m'en a empêché, je n'ai pu assister à son enterrement... Oh ! sapristi ! le printemps dernier, je n'ai pas songé, non plus, aux myosotis pour sa tombe. Pauvre petite Yoni !

Ensuite — *qui sait s'il ne fit pas mieux qu'il ne disait ?* — avec un geste de désinvolte, de tant pis :

— Ce qui m'aide à supporter ce regret, dans les moments où on passe la revue des souvenirs, c'est que, si elle a désiré des fleurs, je ne me rappelle pas lui en avoir promis.

LE TRAMWAY FANTASTIQUE

LE TRAMWAY FANTASTIQUE

(Un grand poète allemand traduira
cette ballade. Je n'ai pas encore pu
calculer en quelle année. Le nombre
est incommensurable.)

Le cocher sommeillait, parce qu'il avait
beaucoup bu, la veille, avec les amis, pour
faire honneur à la fête nationale (14 juillet,
alors, en 1880). Mais cela n'avait pas trop
d'inconvénients, les chevaux étant habitués à
marcher entre les rails.

C'était un terrible cocher, Pantinois, le
cocher du tramway de la Villette à l'Etoile.
Ami des artistes et des cocotes, lorsqu'il était
simple cocher de fiacre, il conduisit deux fois
Dinah Samuel, et, une fois, Victor Hugo. Il
avait une longue barbe, une bouche énorme,
un nez grandiose, des yeux immenses et de
vastes oreilles, avec des boucles d'or.

C'était un beau cocher, tout ce qu'il y a
de beau, un bachelier ès lettres.

Derrière lui venait le tramway, qui semblait la continuation et comme le développement bizarre de l'homme. Le cocher était gris, le tramway était jaune, et les deux, qui paraissaient ne faire qu'un, suivaient le boulevard de Courcelles en rêvant.

Il était cinq heures du soir.

Par instants, le cocher, relevant ses paupières vers les sourcils bruns très épais, apercevait une cocote oxygénée qui passait près d'eux, dans une victoria, le torse renversé nonchalamment contre un coussin. Sur chaque portière était peinte, en or, l'initiale du nom de la belle : Q.

Au-dessous, en or aussi, luisait la devise :

De là ma fortune.

Le cocher gris lorgnait la cocote blonde, s'endormait, la revoyait en songe; et le tramway jaune la filait. Peut-être il faudrait porter un pantalon court et des souliers pointus pour avoir la poule. Le cocher l'aura quand même ! Mais, vraiment, il avait juste assez de lucidité pour s'arrêter aux stations et repartir au signal du conducteur.

Telle est son aventure :

Peu à peu la petite dame se trouvait mal à l'aise. Qu'avait donc le cocher à la regarder ? Soudain, comme voulant échapper à une fascination, elle fait fouetter ses chevaux, qui se mettent au galop. On est dans l'avenue de Wagram. Le cocher gris, très simplement, fouette aussi ses bêtes. Le tramway se met à l'allure de la victoria. Elle était jolie la petite dame, et le cocher était gris.

La rue de l'Etoile s'ouvre à droite. La victoria s'y engage. Le tramway ne pouvant quitter la voie, la mignonne blonde est sauvée. Non ! Pantinois s'arc-boute, tire les rênes à lui, fait claquer son fouet, et le tramway, sortant des rails, s'engage aussi dans la rue de l'Etoile. La victoria prend la route des Ternes, la rue de Villiers; le tramway prend aussi la route des Ternes, la rue de Villiers, franchit la porte.

La victoria fuit, épouvantée. Le tramway

court derrière avec un bruit de ferraille son-
nant sur le pavé. La victoria, de plus en
plus épouvantée, tourne à gauche, au coin
d'une rue, vers Puteaux.

Les voyageurs ne savent que penser.

Une course échevelée commence. La victoria traverse les villages de la banlieue à toute
vitesse, et le tramway suit toujours, allant
par heurts et par bonds. Pantinois, impassible, boit des yeux la petite blonde.

Dame! Un cocher, vous savez.

La petite blonde, pâle et toute tremblante,
franchit l'espace dans sa victoria. Pourtant,
on n'a pas peur d'un homme, surtout d'un
étranger ! Or, le cocher gris est Belge. Les
voyageurs sont ahuris.

Fougères, champs de blé, de lin, d'orge, de
colza, d'avoine, de maïs, de moutarde, de
chanvre, de millet, de pommes de terre, de
betteraves, de sarrasin, de seigle, de safran;
cimetières plantés de marronniers et de sau-
les; carrés de raves, de laitues, de navets, de

persil, de choux, de carottes; rivières bordées de peupliers élancés; bourgs, villes, collines, plaines, parcs, étangs, les haies d'aubépine, de rosiers; prés, paysans, paysannes, vaches rousses couchées dans l'herbe, tout défile devant eux avec une rapidité prodigieuse.

Parfois, d'immenses forêts barrent le chemin, mais la victoria et le tramway vont quand même. Ainsi qu'une balle, tirée de près contre une vitre, y fait seulement, parfois, un trou en forme de rond, ainsi la victoria et le tramway traversent les bois en coupant droit les troncs, en cassant net les branches, en déchirant les feuilles, en faisant un tunnel. Ils laissent dans la forêt un parallélibipède étrange.

Leur passage est une vision d'une seconde. Ils vont, ils vont, ils vont. Par moments, des cités, préfectures, sous-préfectures, chefs-lieux de canton apparaissent. Effrayées, elles se mettent en arrêt et présentent leurs clochers pointus comme les Suisses leurs hallebardes.

Mais elles sont lentes et restent sur la défensive. La victoria et le tramway ne pénétrant pas dans leurs murs; les cités, préfectures, sous-préfectures, chefs-lieux de canton, redressent leurs clochers et en piquent l'azur. Ainsi défilent l'Ile-de-France et la Touraine. Hop! hop! laissez passer, bonnes gens, laissez passer!

En même temps que la victoria et le tramway, le jour s'en allait. Maintenant, le soleil se couchait, tout là-bas, vers la mer, dans un grand linceul rouge. Petit à petit, la nuit descendait, allongeant sur le sol l'ombre des poteaux télégraphiques.

Le soleil se mourait, et les choses, une à une s'estompaient dans un crépuscule vague. Le cocher, sans interrompre sa course vertigineuse, allume à l'avant du tramway ses lanternes aux verres rouges.

Et le tramway, maintenant, regardait la victoria.

Hop! hop! Plus vite! Hop! hop! Le tramway va atteindre la victoria! Pas encore. Ils

sont arrivés en Bretagne, dans une morne
plaine. Au loin, vers l'horizon, un bruit
sourd et lugubre monte dans le ciel, sur qui
se dessinent des formes frustes et gigantesques.

La victoria vient de disparaître derrière
une de ces formes hautes et sévères. Il y en
a, par la plaine, des milliers. La lune, à demi-
cachée par un nuage, jette sur tous ces monstres une lueur blafarde. Au milieu d'eux,
s'est perdue la victoria.

Le cocher du tramway sonne de la trompe,
et, bientôt, aussi loin que peut s'étendre la
vue, dolmens, menhirs, pierres branlantes,
allées couvertes, cromlechs, se mettent sur
plusieurs lignes et font place. Revoici le
tramway derrière la victoria! La lune les
éclaire.
Deux voyageurs sont fous.

Hop! hop! les morts vont vite. Hop! hop!
hop! L'Océan derrière une falaise, se dresse
et beugle. Hop! hop! c'est la fin, la fin dans

la mer écumeuse. Hop! hop! la victoria ne
s'est pas arrêtée. Elle se précipite, et, après
elle, le tramway fait un saut. Ils vont, ils
vont, en effleurant la crête blanche des vagues. *La vitesse a mangé le poids !*

(C'est de cette observation, faite par un
poète, en 1880, il y a bien longtemps, *que
sont nés les aéroplanes.*)

Et ils roulent de la sorte pendant des nuits,
des jours, des nuits, des jours, des nuits, des
mois, des années, des siècles. Le cocher du
tramway est toujours calme et placide, et regarde sans cesse en clignant des yeux. Il est
l'ange du tramway. La petite cocote est encore blonde et belle; mais sa robe n'est plus
à la mode.

Hop! hop! Darwin a dit que les plantes,
les animaux et les choses se transforment suivant les milieux où ils vivent : les roues de
la victoria et du tramway se transforment en
nageoires. C'est une simple question de
temps, Darwin le sait bien.

A présent, le ciel.

Ils ont franchi les mers et les terres, des milliards de fois. Enfin, la victoria et le tramway, vainqueurs de la force centripète, s'échappent par la tangente et partent, dans l'espace, à travers l'éther illimité.

Les années s'écoulent innombrables, et la victoria et le tramway vont sans cesse. Ils rencontrent la lune. Le cocher, gris, sonne encore, comme il le faisait de la Villette à l'Etoile, et la lune accélère sa révolution pour laisser passer.

Un voyageur est frappé d'une aphasie; une voyageuse, qui s'est mariée en route, met au monde, sans douleur, un petit garçon. On le baptise, et, lorsqu'il a trois ans, le conducteur marque la place en pressant le timbre.

Ding !

Plus loin surgissent des astéroïdes, des planètes, d'autres lunes encore. Tout s'écarte.

Le tramway, dont les nageoires sont deve-nues des ailes, n'est plus qu'à quelques lieues

de la victoria. La petite épinglée — tirée à
quatre épingles — sent, sur les fins cheveux
de sa nuque, le fouet du cocher du tramway.

Elle retourne la tête, et, pour la première
fois, le tramway se trouble.

Le cocher ne voit pas un astre qui passe
devant eux, en accomplissant sa rotation autour du soleil, et il oublie de sonner de la
corne. Le tramway était lancé, comme la victoria, à une vitesse de quinze cents mètres
par seconde, quand il s'arrêta soudain.

Un choc épouvantable ! Le tramway s'em-
pêtrait dans les anneaux de Saturne.

Alors, Pantinois, n'étant plus bercé par le
mouvement de la voiture, s'éveilla complète-
ment et murmura, tout en se secouant :

— C'est la place de l'Etoile... La petite
cocote doit être au moins à la Porte Dauphine.
Tout de même j'ai trop bu hier, en l'honneur de la fête... et je crois que j'ai mal aux
cheveux.

LE PERROQUET INCRÉDULE

LE PERROQUET INCREDULE

Pépin des Grillons, conseiller de préfecture frais émoulu, cause, au café des Cigales, à Grivedesvignes, avec Patrice Montclar, son camarade d'enfance, venu, comme tous les ans, passer une quinzaine au pays. Attablés sur la terrasse, derrière un lé de toile blanche bordé de glycines, à l'ombre des grands platanes du Cours, ils s'évoquent l'un à l'autre, en attendant le défilé de la procession, les histoires d'autrefois :

Tout à coup, Pépin des Grillons dit :

— Est-ce que tu te souviens du perroquet de misè Sabine ?

— Oui, à la Pentecôte... Nanette et la petite Lalie étaient rudement gentilles ! Je me rappelle, mon vieux. Nous avions quatorze ans... Oh ! ce perroquet ! Il a outragé nos premières amours, et je lui aurais volontiers tordu le cou.

Les impressions de la prime jeunesse marquent pour longtemps sur la mémoire; d'autres, plus nobles, plus cruelles, plus joyeuses, plus ardentes, ont beau s'ajouter à mesure; les anciennes demeurent vivaces et charmantes.

Certes, Montclar (le Parisien, comme on le surnomme à Grivedesvignes) n'avait pas oublié. Les moindres détails de ce tableau de jadis lui revenaient à l'esprit. D'ailleurs, aujourd'hui comme alors, des draps tout parfumés du romarin répandu dans les armoires, et piqués de distance en distance de petits bouquets, s'étalaient le long des maisons de la ville pleine de soleil; aujourd'hui, comme alors, les rues étaient jonchées de fleurs, de syringas, d'œillets, et, surtout, d'un effeuillement de roses.

Ce fut vraiment drôle.

Misè Sabine, la vieille, grande et maigre,

la marchande de cierges qui a son magasin
sur le Cours (on prononce l's), avait élevé,
en face du café Passeron, un reposoir très
coquet, un nid de verdure.

Elle surveillait le travail de Nanette et Lalie
rôdant, affairées, autour de leur autel et pla-
çant, de ci de là, des phalangères, des daphnés, des lis martagons, lorsque le tailleur
Paticlet, depuis cinq minutes planté béate-
ment, les mains dans les poches, près de la
dévote, prononça d'un air convaincu :

— Il est joli, très joli, votre reposoir!... Je
vous fais compliment, misè Sabine...

(Un malin, Paticlet, un farceur du diable!)

— N'est-ce pas, voisin, avouez qu'il est ar-
rangé avec assez de goût ?...

— Oui... mais il y manque quelque chose.

— Quoi donc ?

— Comment ? Vous ne voyez pas ?... Au
milieu de la mousse, ça irait pourtant bien...

— Enfin, de quoi parlez-vous ? s'écrie la
marchande de cire qui commence à s'impa-
tienter.

— Vous ferez comme vous voudrez... Si j'étais « de » vous, je mettrais là, au sommet, un perroquet, celui que j'ai, par exemple... Il produirait... j'en suis sûr... un effet ravissant !

Il était clair que sa proposition souriait : « Je vais vite le chercher, misè Sabine, j'y vais tout de suite. »

Au bout de cinq minutes, le tailleur vint, portant fièrement son oiseau. Il plaça lui-même la cage sur le haut du reposoir; puis, s'adressant aux badauds, qui stationnaient là :

— Qu'est-ce que vous en pensez, vous autres ?

Et chacun de se récrier d'admiration : « Ça va très bien! disait-on à Paticlet. Ça va très bien!... Quelle bonne idée vous avez eue! »

Le perroquet, un peu effarouché, en faisant claquer son bec de colère, se suspendit aux barreaux. Ensuite, comprenant que sa nouvelle élévation n'avait pour lui aucun danger, il descendit sur le perchoir. Là, posé sur une patte, il serrait avec l'autre un morceau de sucre et le croquait avec de gentils mouvements de tête.

On s'extasiait :

— Qu'il va être content, monsieur le curé !

Le curé, c'était M. Cougourdon, l'ancien directeur du petit séminaire, un brave homme que, dans la semaine, on pouvait voir, à son bastidon des Sièyes, jouant aux quilles, la soutane retroussée. En se livrant à cet exercice avec les notables, M. Testanière, le juge de paix, M. Andrelait, M. Pivert, il ne croyait pas amoindrir son prestige. Et il allait en avoir aujourd'hui !

Il remplacera à la procession Mgr l'évêque, alors à Paris, dans les antichambres du ministère.

Paticlet, cependant, se frottait les mains.

Misè Sabine est partie avec Lalie et Nanette, pour se rendre à l'église. Les cloches sonnent à toute volée et annoncent que la procession se met en marche.

8

— La voici! la voici! crie misè Margoton à quelques saintes femmes demeurées à côté du reposoir.

Et elle jette aussitôt de l'encens sur un brasero placé derrière des pots de géranium.

Les jeunes filles de l'école des sœurs marchent en tête du cortège. Les plus petites ont au cou, tenues par des rubans bleus, des corbeilles emplies de pétales de roses et des fleurs d'or du genêt; les unes et les autres, mignonnes dans leurs robes blanches, cheveux dénoués et flottants, chantent :

> Tendre Marie,
> Souveraine des cieux,
> Mère chérie,
> Patronne de ces lieux,
> Veillez sur nòtre enfance!
> Gardez notre innocence!
> Sauvez ce bien précieux!

Puis venaient les élèves des frères de la doctrine chrétienne. Ils avançaient, les bras ballants, raides dans leurs habits du dimanche; et tous s'arrêtaient, bouche bée, devant le reposoir :

— Un perroquet, chuchotaient-ils, un perroquet!... Qu'il est beau!

Et ils restaient là, en extase. Mais le vieux
Symmaque, le directeur, criait de sa grosse
voix :

— Avancez, petits !

Voici la congrégation de l'Immaculée
Conception. Quatre jeunes filles portent la
statue de la sainte Vierge sous laquelle des
femmes passent et repassent, tenant des en-
fants dans leurs bras pour appeler sur eux la
protection de la Bonne Mère. Les choristes,
parmi elles Nanette et Lalie, se détachent
du cortège et vont se placer à côté du reposoir
pour un cantique avant la bénédiction.

Montclar et Pépin des Grillons, sanglés
dans leurs uniformes de collégiens, la figure
bouffie, mangent des yeux le groupe de jeunes filles. Que ces robes blanches leur vont
bien ! Qu'ils sont gracieux, les plis de ces
voiles transparents ! Et les bras dont on voit,
à travers la mousseline, la peau troublante !

Les pénitents gris ont beau chanter à tue-
tête :

Laudate...

Patrice et Pépin des Grillons ne les enten-
dent pas, ils ne les voient pas; ils n'aperçoi-
vent que Nanette et Lalie, que le commence-
ment de leurs seins nouveaux sous une ru-
che légère.

M. le curé arrive enfin devant le reposoir
et s'agenouille.

Le perroquet, immobile sur son perchoir,
très calme depuis que la procession défile,
paraît s'intéresser beaucoup à la cérémonie
en train de se dérouler devant lui; il écoute
gravement, sans ouvrir le bec, le pieux cantique entonné par ces demoiselles, un petit
« allegro » assez entraînant et polisson :

> Je sens sa présence!
> Le ciel est en moi!
> Mon âme en silence
> S'unit à son roi!

L'amour qui m'embrase
Pour vous, mon vainqueur,
De sa douce extase
Inonde mon cœur!

Au refrain (*con ardore*) :

Amour ! amour ! amour à Jésus !

Les jeunes filles, au milieu des nuages d'encens, lancent au ciel, d'une voix chaude, vibrante, le suprême cri.

Alors, dans le profond silence de la foule prosternée, recueillie, le perroquet, d'un gosier enroué, caverneux, prononça :

— Tas de chameaux!

Ce fut un scandale, un ahurissement général; tout le monde avait le nez en l'air. Les demoiselles de la congrégation, à qui s'adresse cette insulte, rougissent, chuchotent, se mordent les lèvres. M. le curé redresse le front avec indignation vers le perroquet, et, dans la brusquerie de ce mouvement, laisse tomber sa barrette.

Un enfant de chœur se précipite pour la ramasser et, posant mal son pied sur les marches de l'autel, s'allonge avec un bel accroc à sa soutane rouge.

Le brave prêtre, pourtant, essaie de se remettre de son émotion. D'un ton grondant de stentor, il entonne :

Tantum ergo...

— Tas de chameaux! Tas de chameaux! Tas de chameaux!

...Sacramentum...

— Tas de chameaux! Tas de chameaux! Tas de chameaux!

Le perroquet était assourdissant; ses plumes se hérissaient, il se penchait en avant comme s'il avait voulu se précipiter sur les malheureuses choristes.

Le curé continue avec rage :

...Veneremur cernui...

— Tas de chameaux! Tas de chameaux!
Tas de chameaux!

Et, tandis que M. Cougourdon, son crâne
dénudé, plein de colère, fronce terriblement
ses sourcils roux, touffus, crispe les poings
comme pour étrangler l'impertinente bête, le
tailleur Paticlet, dans le corridor en face,
d'une main se tenait le ventre et de l'autre
s'essuyait les yeux.

— Non, disait-il à son camarade Houyon,
je ris trop!... Ça me fera mal!...

Et il continuait à se tordre. (Si bien
qu'après le passage de la procession, il fallut
le détordre.)

Comme Montclar rêvait au souvenir de Lalie, la petite brune, son premier désir
d'amour, toute confuse, rouge comme un co-
quelicot sous les insultes grossières du mau-
dit animal, Pépin des Grillons, amusé par ce
ressouvenir, ajouta :

— Je verrai toujours le bon curé se levant
furieux, empoignant l'ostensoir, faisant un
signe au suisse, et la procession se remettant
en marche, poursuivie par les cris du perroquet... Il se tut seulement (tu te rappelles
bien, Patrice ?) quand les robes blanches des
congréganistes eurent disparu, au bout du
Cours, sous les platanes...

LES SINGES

I

LE PREMIER HOMME

C'est au quartier juif de Leipsig.

Quels types extraordinaires! Cornélius Schweiger, de Darmstadt, a décomposé un corps réputé simple jusqu'à présent : l'azote. Sa découverte n'est pas connue. (Ne sachant pas le grec, il n'a jamais pu trouver les noms techniques des éléments.) L'autre, Isaac Gombrich, un Israélite du Ghetto, a transformé la houille en diamant. A ce propos, Isaac avait un tic. Lorsque la houille était devenue diamant, il s'amusait à en comburer les morceaux. Il éprouvait, dit son biographe Herzénus Klingel, une volupté intense à voir ces corps qui représentaient des millions de consciences s'en aller en oxyde de carbone.

Depuis sept jours, Isaac Gombrich était

absent. Il corrigeait les épreuves du douzième volume de son grand ouvrage : *Traité
de cristallographie transcendante*. Mais Isaac
avait un souci qui le torturait, une obsession
si grande qu'au bas de la troisième colonne
de la page 1063 du onzième volume, il avait
laissé passer une coquille dans le trentième
paragraphe de son article sur le système tri-
klinoédrique.

Cornélius Schweiger lui cachait quelque
chose. Depuis cinquante-neuf ans, vers
l'équinoxe de mars, le vieux savant allemand
semblait aimer l'anatomie. Souvent il ren-
trait, ayant sous les plis de sa houppelante
usée, marquée de taches d'acide, des fémurs,
des tibias, des crânes, rouges des vertèbres,
des os iliaques. Une fois même, Isaac Gombrich, à travers ses lunettes rondes, à branches d'or, l'avait vu tirer de son gousset une
petite main blanche, de femme, sans doute,
ou d'enfant.

Que pouvait-il en faire ?

Jamais, au laboratoire, trace ne restait de
ces détritus humains.

Quoi qu'il en soit, Cornélius Schweiger, au milieu d'un tas désordonné de fourneaux, d'alambics, d'éprouvettes, de piles du nommé Bunsen, de bobines d'un certain Rhumkorff, allait et venait, transvasant, rêvant, monologuant, faisant des mélanges, des combinaisons. Il est obligé de se servir d'appareils inventés par des ignares. Lui est autrement fort, il a trouvé le dissolvant du corps humain, un liquide incolore et inodore comme l'eau, *aqua communis*, en latin.

Il en a préparé mille cent quarante-deux pintes, plus une fraction.

Cornélius Schweiger est triste cependant. Telle substance dissout la corne, celle-ci la chair, celle-là le phosphate de chaux. Il avait mélangé toutes ces substances, en avait ajouté de nouvelles, et il avait résolu un des grands problèmes, le plus grand peut-être. Inutiles les catacombes, inutiles les cimetières, inutile l'incinération! L'homme, et dans l'homme j'entends la femme, serait dissous, liquéfié.

Mérite-t-il tant?

Cornélius Schweiger avait bien souffert autrefois. Pourquoi ne garderait-il pas son secret pour lui ? Il est un génie aussi bien qu'Archimède, Gutenberg, Fulton, et il peut tout. La cuve est là, pleine, et il ferait bon finir, emportant la formule.

Alors des idées inaccoutumées traversent le cerveau du vieux savant. Pour la première fois, il sent le charme de la vie et la douceur des choses. Le ciel était bleu pâle, les feuilles avaient des frissonnements.

Cornélius Schwiger se rappelle qu'il est musicien. Il prend plusieurs flacons à hydrogène, et installe un harmonica chimique étrange, une sorte d'orgue jouant automatiquement les airs qu'il aimait. Il dispose l'appareil dans un coin du laboratoire, puis vient à la fenêtre grillée contempler la nature.

Le grand Tout inintelligent sommeillait, tranquille, sous la loi immuable; Cornélius Schweiger regarde au dehors pendant quelques minutes. Près de lui, l'harmonica chimique avait commencé sa musique mystérieuse. Il murmurait, il soupirait la rengaine allemande : *la dernière pensée de Weber.*

Cornélius Schweiger écoute debout. Tout son être est envahi par une tendresse immense, et les globules sanguins battent plus fortement à ses tempes. La cuve est toujours là. Il y rentre. Un athée va mourir.

La musique continuait, plaintive. Elle avait des pleurs, des caresses infinies. Le savant écoutait toujours. Cependant, il se dissolvait, comme fait dans un verre d'eau un morceau de sucre. Il ne se sentait pas fondre. Un morceau du sucre ne s'aperçoit pas qu'il fond. Les chairs s'en allaient par plaques, se creusaient de trous, les os s'amollissaient. Enfin, la dernière note de l'air en question plus haut retentit.

Il y eut alors une seconde d'intermède. Cornélius Schweiger n'avait plus qu'une notion vague de l'existence. Il entendait toujours, pourtant. L'harmonica jouait un air qu'il avait composé, lui, Cornélius Schweiger, et auquel il avait donné ce titre : *Pan.*

C'était d'abord une mélodie douce et

suave, quelque chose comme un chant d'hymen, un susurrement de baisers. Puis la mélodie devenait grave et poignante; elle avait des appels, des cris, des colères, et l'on percevait en elle la voix grandiose des mers et des souffles.

Mais il n'entendait plus rien. La vie s'en allait de son corps aminci. Tout à coup, il n'y eut plus dans l'eau, toujours transparente, que de petits granules flottants. Cornélius Schweiger était dissous. Les flammes d'hydrogène s'éteignaient au même instant, une à une, et l'harmonica finissait son hymne.

Toc! Toc! La porte du laboratoire grince et tourne lentement. C'est Isaac Gombrich. Il se rit à lui-même. Il a corrigé les épreuves de son douzième volume, et lu une étude de l'éminent Karl Stranzer sur la cristallographie transcendante et Isaac Gombrich. Il est le maître et on l'a reconnu.

Mais où est donc Cornélius Schweiger?

Tout à l'heure le rebb Joseph Mânus lui demanda de ses nouvelles.

Que s'est-il passé ? Pourquoi cette cuve ? Elle est pleine d'une eau un peu chargée. Qu'est-ce que cela peut être ? Pas d'odeur.

Isaac Gombrich trempe son doigt; aussitôt le doigt se fond. Il n'y a pas de mystère pour un savant allemand. Il plonge sa main; la main se fond comme le doigt. Le vieux cristallographe est tout à coup saisi du désir de l'inconnu. Il enfonce encore son bras dans le liquide; le bras se fond.

Qu'a fait Cornélius Schweiger ? Le docteur aurait-il découvert quelque chose que lui ne saurait expliquer ? Isaac Gombrich a tout étudié, tout sondé; il sait les causes et les effets; il saura ceci.

Il enlève sa culotte, pour ne pas l'abîmer. pénètre dans la cuve, et, de la main et du bras qui lui restent, s'appuie aux bords; les jambes et les parties basses (vous m'entendez

9

bien !) d'Isaac Combrich se fondent. Il est halluciné. Aucune douleur, pourtant.

Son torse soutenu par la main qui se crispe contre le zinc de la cuve, reste en l'air, et ses yeux, derrière ses lunettes, regardent fixement la surface de l'eau. Ils cherchent ; pas de solution.

Il comprend enfin. Il a entrevu le secret. Un grand cri s'échappe de sa bouche violette, sa main s'entr'ouvre, et le torse tombe. Au bout de quelques instants, plus rien dans la cuve qu'une eau un peu jaunâtre.

Deux mois s'écoulent. La librairie Samuel
Hartmann n'a pas reçu le treizième volume
du fameux ouvrage : *Traité de Cristallographie transcendante*. D'autre part, Friedrich
Rumdoff, le célèbre adversaire de Cornélius
Schweiger, attend en vain une réponse à sa
dernière objection contre l'unité de la ma-
tière universelle. (Friedrich Rumdoff n'était
pas pour la réduction des corps simples en
un seul; mais, en revanche, il était pour la
grande unité allemande.)

Donc, il n'entend plus parler de Cornélius
Schweiger. Un jour, il s'informe chez Samuel Hartmann. Ils vont à la maison des
deux savants, au bas du quartier, dans la rue
de Mathusalem. Personne. Les deux savants
n'y sont pas. Samuel Hartmann et Friedrich
Rumdoff pénètrent dans le laboratoire.

Jamais profane n'y était entré. De la poussière partout, sur les flacons, les tubes, les
coupelles, sur le bois des armoires. Au milieu du laboratoire était la cuve, mais splendide.

Tout l'intérieur était tapissé de pointes rouges et bleues. Ce n'étaient que cristaux éblouissants. A l'un étaient accrochées les lunettes rondes à branches d'or.

Friedrich Rumdoff ressemble à un point d'interrogation. La tête penchée sur la poitrine, d'un geste il renvoie Samuel Hartmann et rêve.

Il est illustre aussi, le plus célèbre à présent de tous les savants germaniques, puisque Cornélius Schweiger n'est plus. Il prend un des cristaux, le soumet à mille réactifs. Peine perdue. Il feuillette des in-folio, travaille, cherche, cherche.

Enfin, comme on approchait de onze heures du soir, l'heure de Mme Rumdoff, il saisit tout, à peu près. Cornélius Schweiger et Isaac Gombrich sont là dans la cuve; l'eau s'est évaporée et les deux savants se sont transformés en cristaux étranges.

Comment les deux savants se sont-ils liquéfiés et cristallisés ?

Il l'ignore, lui Friedrich Rumdoff, professeur à l'Université de Leipsig.

Mais il ne sera pas dit que la science d'un professeur sera vaincue. Ce qu'il a poursuivi si longtemps, Cornélius Schweiger l'a trouvé. Soit !

Il répondra à une grande œuvre par une autre plus sublime; il reconstituera Cornélius Schweiger et Isaac Gombrich, et leur demandera la formule du dissolvant.

Pendant neuf mois, depuis l'Annonciation jusqu'à Noël, il reste enfermé dans le laboratoire, avec Mme Rumdoff pour l'aider. Il calcule, fait et refait des expériences. Le jour de Noël, quand Samuel Hartmann revint, l'œuvre était accomplie,

mais manquée.

Friedrich Rumdoff avait, au cours de ses opérations, commis une erreur dans une équation; il avait mal fait ses assemblages et n'avait pu saisir que l'âme négative des deux savants. L'âme positive lui était échappée. Cornélius Schweiger et Isaac Gombrich, à eux deux, étaient devenus le premier homme :

un singe.

II

LE DERNIER HOMME

Il est de fait que Charles Bergheim, de la
société « L'affichage stellaire, Stephenson
and C° », après le déjeuner au cabaret avec
sa blonde amie, Alice Penthièvre, avait mon-
tré un enthousiasme remarquable, à l'exposition des Arts Incohérents, pour un dessin
shoking de Mlle Valtesse représentant deux lé-
zards cohérents.

Cette adorable composition où deux petites
bêtes amoureuses sont près de s'épancher ten-
drement, prouve, chez la spirituelle femme
aux cheveux d'or rouge qui en est l'auteur,
une étude patiente et continue de la nature.
A côté, Dinah Samuel, au bras d'un jeune
homme, reprochait à la lézarde de n'avoir
pas les pattes suffisamment hospitalières et

au lézard de manquer de cohérence. (A étu-
dier.) Bergheim, lui, ne fit pas de critiques.
Les yeux pleins de flammes perverses, il dit
tout haut, contre l'avis de Penthièvre, que
Mlle Valtesse est charmante, babahissante.
Son dessin, merveilleux.

Depuis, Alice boudait.

Ils avaient pris, le soir même, le train pour
un château, garçonnière angevine où était
organisée une jolie chasse de gibier en tout
genre, car ils n'étaient allés à cette exposition folle que pour attendre gaîment l'heure
du départ.

Alice ne lui avait pas adressé quatre
mots. Elle s'était accotée dans un coin du
coupé; lui, s'était blotti à l'autre bout. La
lampe, en haut, les regardait comme la lune.

Bergheim songea quelque peu à une idée
qui le travaillait, l'éclairage de Paris par un
formidable foyer de lumière électrique au
sommet d'un phare, concurrent du soleil,
tour de pierre et de fer élevée au centre de

la ville. Il lut deux pages d'un roman nouveau et s'endormit.

Comme il n'avait pas la conscience tranquille vis-à-vis de Penthièvre, car, pour ce
qui est des affaires, il n'avait plus de re-
mords depuis longtemps, sa nuit fut pleine
de songes; il rêva qu'au lieu d'être en express,
ils étaient rentrés chez elle, avenue de Messine.

Son amie, faisant toujours la moue, avait
fermé à clef la porte de sa chambre à coucher. Après tout, il aimait autant la solitude; il s'installa dans le salon, sur un divan
moelleux. Au fond de la pièce, sous un pal-
mier, un perroquet sommeillait dans sa cage.

Vers deux heures, Bergheim entr'ouvrit su-
bitement les paupières et se dressa sur son
séant. Il entendait un grand tumulte et
voyait, par les fenêtres, comme de l'air en
feu. Quelle pouvait être la cause d'une sem-
blable anomalie ? Serait-ce un tremblement
de terre où Paris sombrerait? Est-ce que les
égouts, enfin, se soulèveraient ?

Il regarda au dehors.

Un courant lui fouetta le visage, comme
s'il avait mis la tête à la portière d'un wagon
rapide. Une population affolée allait et venait sur le boulevard, dans une confuse mê-
lée, chacun, toutefois, semblant vaquer à ses
occupations ordinaires, mais dans une vie
surexcitée à la trentième puissance. C'étaient
des cris presque sauvages; Bergheim se serait
cru à la Bourse.

Sans plus de souci, il réfléchit que ce
n'était qu'un rêve, qu'il serait bien bon de
se déranger, inutilement d'ailleurs, si c'était
en effet un bouleversement terrestre; il s'éten-
dit de nouveau sur son divan, et, drapé dans
une étoffe de soie japonaise, où étaient bro-
dés des monstres d'argent et d'or, il se dit :

— Avant moi la fin du monde.

Ce qui s'était passé dans la nuit était fort
simple. Une comète, arrivée de l'infini, sans
être annoncée, avec une vitesse de plusieurs
millions de lieues à la minute, sortie de son
orbite à la suite d'un cataclysme céleste, avait

traversé le groupe du soleil. Sa queue incommensurable, une traînée d'oxygène, une rien du tout, rencontrant notre planète avait couru prodigieusement autour du globe; le salon, avenue de Messine, où reposait Bergheim, ayant été, par un hasard naturel, le centre de ce monstrueux tourbillon, le financier et son perroquet avaient été seuls épargnés.

Quand le premier entra dans la chambre à coucher, le matin, par un panneau enfoncé de la porte, Alice Penthièvre, vêtue seulement de ses bas noirs, nue sur les tapis et les coussins, semblait dormir paisiblement; mais son pouls ni son cœur ne battaient; elle était morte.

Bergheim ignorait qu'elle était tombée après avoir dansé une gigue effrénée, car la comète, avec sa queue d'oxygène, avait, durant son passage, multiplié étrangement, sur terre, la force vitale.

Tous, bêtes et gens, à leur soudain éveil, s'étaient trouvés comme possédés par les démons; ils s'étaient adonnés, avec de prodigieuses facultés, à leurs habitudes, à leurs désirs, à leurs instincts, à leurs passions. Chacun avait, dans ses derniers instants, produit la force, bonne ou mauvaise, qu'il portait en lui; elle s'était accrue jusqu'à l'extrême dans cette atmosphère anormale.

Bientôt, la vie, usée par une telle manifestation chimérique d'elle-même, s'était arrêtée tout à fait. Dans le cataclysme étaient morts tous les êtres, depuis les géants jusqu'aux microbes. Anéantis, les plus subtils germes de vie animale, de sorte que la putréfaction était, pour longtemps, impossible.

Bergheim sortit, et, bien que la comète fût éloignée, l'air étant très chargé d'oxygène, il se sentit une grande vigueur. Fort surexcité, content, car il méprisait le genre humain, il se promena, comme un fou, à travers les rues bizarrement calmes.

Cependant, sa marche était difficile à cause des cadavres, aux aspects encore vivants, qui jonchaient le sol; il fallait fréquemment enjamber un corps, comme il aurait fait pour un lazzarone sur un môle d'Italie. Des voitures de toute sorte avaient l'air de filer à grande vitesse, tellement les chevaux avaient été arrêtés, les poumons brûlés, dans un accès de vie vertigineuse.

Les cochers, le buste en avant, les yeux ouverts, les lèvres comme prêtes à insulter, tenaient ferme les rênes; des voyageurs avaient la tête aux portières; ils avaient expiré sans doute en criant de trotter plus vite. Les nerfs magiquement tendus, les êtres qui, à la suprême minute, possédaient un appui quelconque, avaient gardé les attitudes de la vie.

Les bêtes étaient sur leurs pattes; au Sénat, M. de G*** était debout comme une statue de cire, la main cramponnée à la tribune. L'oreille n'était plus agacée par le continuel bruit des cités.

Un silence effrayant pesait sur la terre.

Et, le soir, Bergheim, certain d'être seul,
se réjouit.

Il commença ses flâneries dans Paris; il
réalisait un rêve du temps où il en avait, à
douze ans, avant qu'il entrât dans les affaires; ce rêve était d'avoir l'anneau de Gygès
qui le rendît invisible et lui. permît de connaître la vie humaine intime.

Sans anneau mystérieux, il pénétrait maintenant dans les maisons populeuses d'ouvriers, dans les appartements bourgeois, dans
les boudoirs des horizontales, chez les politi-
ques, chez les artistes; il entrait dans les milieux mondains, féminins, les plus fermés.
(Qu'est-ce que l'amour? Un échange d'élec-
tricité, un rapprochement des contraires.)

Bergheim surprenait ainsi la vie interrompue dans son acuité, bien des actes vils.

De temps en temps, Bergheim éprouvait
un désir de parler à quelqu'un; alors il
s'adressait à son perroquet, au seul être qui
fût resté vivant avec lui. Mais il fut, bientôt,

las de cette compagnie et donna la liberté à
l'oiseau, qui demeura plusieurs mois à Paris.
Le perroquet demandait toujours de ses nouvelles à son ancien maître, lorsqu'ils se ren-
contraient :

— Comment vous portez-vous ?

— Pas mal, mon cher... Et vous ?

Le perroquet remplaçait suffisamment les
nombreux amis qu'on croise dans la rue et
avec qui on fait poliment un échange de paroles vaines.

Un jour ressemblait au suivant. Existence
peu variée. Bergheim déjeunait et dînait au
cabaret, où il buvait des vins antiques.
Il s'invitait aussi chez des particuliers.

Un de ses plaisirs, après dîner, en fumant
son cigare, était d'admirer la végétation pro-
duite par le passage de la comète et la chaleur nouvelle de la température. Après quelques hésitations, il avait abandonné son complet anglais.

La nature était redevenue à peu près ce qu'elle était aux époques antédiluviennes avant que le feu central, brisant la frêle écorce qui l'emprisonne, ne soulevât brusquement des chaînes de montagnes, les Alpes, les Cordillières, les Andes, et des terres nouvelles au milieu des vastes Océans.

La vie végétale était extraordinaire dans l'atmosphère surchauffée. La Seine coulait sous un enchevêtrement de lianes, sous une verdure exubérante et capricieuse. Les collines de Sèvres, de Meudon, les moulins de Montmartre, d'Orgemont, de Sannois étaient couverts d'un épanouissement de fougères arborescentes, de lycopodendrons, de prêles gigantesques.

A Paris, des brins d'herbe, en s'accroissant, soulevaient les pavés et devenaient des arbres élancés et flexibles, avec un feuillage indéfiniment accidenté. Sur le boulevard des Italiens, autour de l'Opéra, la végétation ascendait vers les toits comme un flux de sève des forêts primitives.

Parfois, Bergheim, qui sautait à présent de
branche en branche comme un singe, apercevait un gros oiseau vert au bec crochu.
C'était le perroquet qui se modifiait peu à
peu. Il avait retenu un seul des refrains qu'il
savait jadis, il le chantait souvent :

> *Coco, Coco.*
> *Gratt'-moi.....*

C'était le seul témoignage lyrique de la ci-
vilisation évanouie.

Est-ce qu'allait naître une autre vie orga-
nique ? Est-ce que bientôt apparaîtraient des
êtres énormes et supérieurs, le gigantesque
dinotherium, l'iguanodon prodigieux, et,
dans le ciel, les ptédoratyles aux ailes horri-
bles ? Parfois Bergheim avait peur, croyant
apercevoir tout à coup, dans la forêt vierge
parisienne, parmi les enchevêtrements des
fourrés, des yeux épouvantables, aux pupilles
d'un pied de diamètre cherchant la lumière.
Est-ce que l'homme allait accomplir une
évolution en arrière et être anéanti comme

les trilobites de la période silurienne, quand les mers étaient brûlantes, que de pâles rayons perçaient à peine l'atmosphère épaisse ? Est-ce que l'homme allait finir comme les sauriens du lias, comme les mastodontes et les mégathériums de l'époque tertiaire ?

Gaston Bergheim, de la société « L'affichage aérien Stephenson and C° » se transformait en quadrumane.

Soudain, comme il dégringolait piteusement devant le café Riche, du haut d'une fougère, il aperçut, par la glace de son coupé, en chemin de fer express, l'aurore blanchissante.

Alice Penthièvre, exquisement moderne, en blouse volontaire d'un an, chapeau tyrolien sur ses cheveux très blonds, couleur de maïs, dit à son maître et seigneur, avec un sourire :

— Avez-vous bien dormi, mauvais singe ?

L'AMANT POSTHUME

L'AMANT POSTHUME

Georges Decroix aimait particulièrement Jean Valbert. De tous les jeunes peintres qui fréquentaient son atelier, nul ne l'intéressait et n'attirait sa sympathie au même point. C'était un Méridional, mâtiné de Breton qui gardait en lui du caractère des deux races. Enthousiaste et rêveur à la fois, avec du soleil trouant les brumes de ses songeries, Valbert, à vingt-quatre ans, avait affirmé, par des œuvres sincères et colorées, un talent réel.

La veille, le jeune peintre était venu chez son aîné. Lui, d'ordinaire communicatif et gai, portait sur le visage un masque de tristesse si douloureuse, une telle angoisse, que Decroix, le croyant malade, s'était informé :

— Eh bien, Valbert, cela ne va pas, ce matin ? Quoi de nouveau ?

— Il m'arrive un grand malheur, maître, un malheur atroce !

Et, très vite, d'une voix sourde, tremblante
de sanglots contenus, il ajoutait :

— Madeleine, ma maîtresse, est morte
hier.

— Oh! mon pauvre ami!

C'était tout ce qu'il avait pu trouver pour
exprimer sa condoléance. Decroix serrait la
main du jeune peintre, affectueusement, très
ému. Il savait quel profond amour liait Jean
à Madeleine, comment ils avaient vécu depuis trois ans, unis étroitement dans la joie
et dans la peine, à travers les alternatives de
misère terribles et de chances laborieuses.
Une grande pitié monta au cœur de Decroix
pour ce débutant, dont il devinait l'âme soudain démantelée, l'espoir et le courage per-
dus peut-être avec l'amour. Elle était morte
à l'hôpital Beaujon. Sur la fin, trop pauvre
pour la soigner, Valbert avait dû se résigner
à la conduire là.

Decroix demanda :

— Et quand, l'enterrement ?

— Demain matin, à neuf heures.

Decroix comprit la discrétion de Valbert à lui demander d'y venir, et il dit des paroles réconfortantes, chaleureuses, un peu troublé devant ce chagrin profond et vrai.

— Demain, songea Decroix après le départ de son jeune camarade, le pauvre garçon sera tout seul, derrière le cercueil, tout seul ou presque... Il fait froid, les matins de février, et il est probable que le cimetière est au diable... Puis, c'est un sauvage.

Dans une pensée de bonne camaraderie d'artiste envers un cadet et pour lui marquer son estime et son amitié, il résolut d'assister à l'enterrement de Madeleine.

Tôt levé, Decroix se vêtit en hâte :

— Tout de même une drôle d'idée de faire sortir les gens à pareille heure, par cette gelée. Si le cimetière se trouve hors de Paris... Brr!...

Dehors, il fit signe à un cocher de fiacre :

— A l'hôpital Beaujon! Et vite...

Il trouva grande ouverte la porte de derrière de l'hospice, dans la petite rue déserte qui borne les cours, l'amphithéâtre et les communs. Un gardien répondit à ses questions :

— Ils sont partis, il y a dix minutes. Vous les retrouverez, peut-être, à l'église. Mais, à l'église, ça ne traîne pas, pour les pauvres. En tout cas, au cimetière Saint-Ouen.

Decroix, un peu contrarié, jeta un ordre au cocher, qui grommela dans la laine de son cache-nez. Et, par les rues calmes du quartier Saint-Honoré, le fiacre roula, entre des murs frangés, çà et là, de branches d'arbres, fleuris de gelée blanche durcie par le froid matinal. Ce furent ensuite des avenues, des rues et des boulevards populeux, grouillants, des voies excentriques. Puis, l'interminable avenue de Saint-Ouen se déroula, sinistre : des guinguettes bordaient la chaussée noire de charbon, du mâchefer des usines, semée, deci-ci, de-là, de détritus entassés au bord des trottoirs.

Enfin, — entre des terrains vagues et des chantiers déserts — des boutiques de marbriers, marchands d'ex-voto et de tombes, annoncèrent la nécropole proche. Des assommoirs, peints en rouge sang, alternaient avec leurs enseignes. Georges Decroix descendit à l'entrée du champ des morts, congédia, avec son indemnité de retour, le cocher, qui maugréa encore.

Questionnant le concierge du cimetière :

— Vous n'avez pas vu un tout petit convoi?... un cercueil de femme, qui vient d'un hôpital, et, derrière, un jeune homme, vêtu d'un long pardessus noir... chapeau mou, probablement... Il devait être seul à accompagner le corbillard. Peut-être deux ou trois amis, des têtes d'artistes ?

— Non, monsieur. Mais il en passe tellement... Si vous savez le nom de la défunte, je pourrais voir...

En parlant, l'homme montrait des papiers, les avis officiels des enterrements du jour.

— Madeleine... Je n'en sais pas davantage... Elle est morte à l'hôpital Beaujon.

— Non, monsieur, ça n'est pas passé encore.

Decroix remercia, et — en attendant l'humble cortège — d'un pas sec qui sonnait sur la terre gelée, il se promena sur une allée, entre les tombes, non loin de l'entrée. Les branches dépouillées des arbres, sous le terne soleil qui faisait fondre le grésil, s'éploraient, et des gouttelettes lourdes tombaient, comme des larmes, sur les pierres. Voici qu'un enterrement arrivait. Ce n'était pas un corbillard de riche, certes, mais le drap du cercueil disparaissait sous les couronnes et les fleurs; un troupeau assez nombreux d'ouvriers endimanchés et de tout petits bourgeois suivait un homme de trente-quatre à trente-cinq ans, ni beau, ni laid, vulgaire, qui, la tête nue et courbée, menait le deuil.

Le peintre songea qu'il n'y aurait pas tant de personnes groupées derrière le pauvre petit printemps blond, défunt, de Madeleine, et, par désœuvrement, pensant aussi que cet enterrement faubourien le mènerait à la partie du cimetière où l'on creusait les nouvelles fosses, il marcha à côté de ces braves gens, sans y prendre trop garde, et s'arrêta comme eux.

Un prêtre survint, sitôt que la bière eut sonné au fond du trou. Avec des gestes d'automate, il bénit le cadavre et la terre, murmura d'une voix machinale les psaumes accoutumés; les lèvres du clerc, tenant la croix et l'aspersoir, marmottèrent les répons, tandis que les femmes sanglotaient derrière le dos du veuf. Les prières achevées, le mari prit la pelle que lui tendait un fossoyeur, jeta du gravier, qui sonna sur le bois; d'autres vinrent, par ordre de parenté ou d'intimité avec la défunte. Decroix s'était approché des tombes récentes pour chercher, sur une des petites croix de bois dont on marque les sépultures de la journée, le nom de la maîtresse de son ami. Un fossoyeur, croyant qu'il était du convoi, lui tendit une pelletée de terre. Decroix la prit, fit comme les autres, puisqu'un hasard l'avait amené là, et

une curiosité l'incita à lire le nom inscrit sur
la croix :

BLANCHE
ROSTAN
23
ans

C'était, elle aussi, une toute jeune femme.
Le peintre l'imagina jolie : une Parisienne,
aux gaies allures de trottin rangé, élégante
encore. Blonde ? Peut-être, avait-elle des
prunelles vertes profondes, énigmatiques,
comme une petite modiste qu'il avait connue jadis, au quartier Latin ? Ou bien, c'était
une brunette accorte, aux yeux brasillant de
malice ingénue ou de rouerie ? Il la rêvait
pimpante, gracile et potelée, ému de songer
à cette jeunesse, morte, comme Madeleine,
au printemps de sa vie.

Mais Georges Decroix perçut des chucho-
tements. Il s'était retiré un peu à l'écart, et
il observait machinalement le défilé des invités serrant les mains de la famille, rangée
en ligne sur la chaussée, d'un côté de l'ave-

nue. On l'observait, surtout les femmes. Evi-
demment, on s'occupait de lui. Il comprit
qu'on s'étonnait de la présence de cet étranger. Il devinait qu'on interprétait son regard
dans le trou, sur le cercueil, la pelletée de
terre qu'il y avait jetée. Les yeux disaient
clairement, à défaut des mots qu'il ne pouvait entendre : « Qu'est-ce que c'est que ce
monsieur chic, jeune et décoré, que personne ne connaît ? » Deux femmes, plus
hardies, en s'approchant un peu de lui, le dé-
visagèrent, et l'une dit :

— C'est gentil à lui d'être venu.

Georges Decroix recueillit les œillades
attendries des sentimentales. Une femme,
long voilée de noir, était restée agenouillée
au bord de la fosse. Elle se releva enfin, en-
traînée par deux commères. Elle aussi dévi-
sagea Decroix. Ses yeux eurent une lueur de
colère, d'abord; elle avait pensé comme les
autres : sa fille avait un amant. Mais, en s'en
allant à petits pas, un autre sentiment l'at-
tendit : « Elle l'avait aimé, ce monsieur...
qui était très bien, d'ailleurs... Et lui, cer-

tainement, aimait aussi la fille, puisqu'il était
là, puisqu'il l'avait accompagnée jusqu'à la
fin... » Et, comme Decroix contemplait, en
peintre, la vieille maman, elle lui jeta, à
la dérobée, un merci du regard et s'inclina
vers lui, imperceptiblement.

A présent, Decroix, revenu vers la porte
du cimetière, se trouvait mêlé aux retarda-
taires. Dans les groupes d'amis on causait,
en s'acheminant vers les mastroquets, à la
sortie. A mesure qu'on s'éloignait de la
tombe de la jeune femme, les voix devenaient
plus libres, parlaient plus haut :

— Tu L'as vu ?

— Je savais bien — dit une femme — que
ce n'était pas son mari qui pouvait lui payer
de si belles robes...

Des hommes riaient entre eux. Decroix,
tout près de lui, distingua cette phrase, dite
sans méchanceté par un gaillard au teint
rouge, l'air bon enfant et jovial :

— Hein, j'te l'avais bien dit, mon père
Joseph, qu'Augustin était c... !

ROSE D'AMOUR

ROSE D'AMOUR

I

UN SAVANT DE PROVINCE

Un excentrique, au physique aussi bien qu'au moral, M. Marius Pinoncelli, agent voyer, géologue distingué, membre de l'académie scientifique et littéraire de Grivedesvignes. D'une taille excessive et d'une maigreur extraordinaire, il est encore remarquable par une petite tête aux zygomas saillants, des joues creuses recouvertes d'un duvet roux, par un menton pointu, et, sur des yeux myopes, ses lunettes fines et rondes. Cette petite tête, dans son encadrement de cheveux filasse flottant sur le col, est d'ailleurs intel-

11

ligente; mais il est besoin d'un examen très attentif.

Doué d'une grande force musculaire, Pinoncelli parcourt, sans fatigue, de prodigieuses distances et mesure le temps, la nuit aux étoiles, le jour au soleil. Faisant près de cent kilomètres de minuit à dix heures du soir, il ne prend d'autre repos que pour se désaltérer dans un ruisseau clair; encore il faut qu'il ait bien soif (Il ne boit jamais de vin). Chaque fois, il rentre le carnier chargé d'ammonites, de fossiles variés, sans compter une douzaine de batraciens ou d'ophidiens grouillant dans les basques de sa jaquette. On lui doit, au reste, la découverte importante d'une grenouille: *Rana fusca Pinoncelli*. D'un caractère doux, gai sans jamais rire, il témoigne son contentement par une sorte de sifflement guttural.

Amoureux des choses et des bêtes, affectionnant particulièrement les cicindèles, il analyse, classe, étiquette. Pinoncelli était bien jeune encore qu'un lézard glissant sur

une muraille, une empreinte de coquillage
sur une pierre, le rendaient rêveur. Sans aucun maître, il est arrivé à savoir beaucoup;
ses lectures favorites sont les traités d'histoire
naturelle, les œuvres des frères d'Orbigny,
les revues scientifiques.

Un phénomène, Marius. S'il n'est point in-
différent aux récits égrillards, il affecte pour
la femme le plus profond dédain. A une fille,
il préfère une grenouille. On ne l'a jamais vu
se revirer au frôlement d'un jupon; il est per-
suadé d'un moyen de reproduction humaine
sans le secours de la femme. Devant la plus
ensorcelante, aux agaceries délicieuses, s'of-
frant à lui toute nue, il resterait inoffensif.
Sans doute, il pourrait admirer les neigeuses
transparences des seins, les pointes roses, la
rondeur des bras et des cuisses, l'éclat satiné
des hanches; les pénombres exquises, les
lignes impures du corps ondoyant; mais il
eût été incapable de se précipiter à coups de
baisers au petit bonheur.

Après les jolies couleuvres à peau de jade,
aux zigzags gracieux, les batraciens, voilà sa

passion. Durant les nuits embaumées d'avril, lorsqu'un fourmillement d'étoiles scintille dans le ciel très bleu, il se plaît à rêvasser au bord de l'eau, à se laisser bercer par le chant plaintif des crapauds; et, bien souvent, il savourait cette volupté.

Un chœur de coassements était pour lui la musique la plus charmeresse, mieux que cela, un langage plein d'éloquence attendrissante. Il comprenait le sens de ces cris, de ces sanglots; c'est que la femelle désirait son amant. Et, si l'appel était entendu, s'il accourait, lui, s'il répondait aux étreintes, c'était alors un susurrement pâmé de plaintes douces, voilées, comme imprégnées de langueur.

Un peu artiste, Marius.

Il s'attendrit à la musique; lui-même joue du saxophone.

Voilà le personnage.

II

C'EST LA FAUTE DES TIMBRES

Le bureau de tabac de Champourcin, où
M. Marius Pinoncelli avait été envoyé en intérim, est géré par Mme Mouton, une veuve
assez affriolante. Peu rigoriste sur le chapitre
des mœurs, aimant à rire, au point de ne
pas trop détester la farce gauloise, elle avait
inculqué, d'exemple, ces bons principes à sa
fille. Pas plus de quarante ans, certes,
Mme Mouton; et ils excitaient encore l'appétit.
Lorsqu'on tient un bureau de tabac, on ne
peut pas faire grise mine aux messieurs.
Mlle Rose accueillait avec grâce les compli-
ments; elle avait un sourire gentil pour les
clients.

Ses yeux noirs, profonds, brillaient parfois
d'un éclat aveuglant. Pinoncelli, du moins,
ne pouvait soutenir la fascination de tels regards. Et, en correspondance avec des sa-

vants de Paris, de Londres, Pétersbourg, Vienne, pour sa grenouille dont il expédiait de nombreux spécimens, il venait souvent au bureau acheter des timbres.

Certes, il préférait être servi par Mme Mouton que par Mlle Rose; il se sentait gêné lorsqu'il se trouvait avec la jeune fille. Alors, il balbutiait quelques mots inintelligibles, avec une hâte d'être dehors; mais elle, coquette, prenait malin plaisir à le retenir le plus longtemps possible dans son magasin. Les allures de ce sauvage piquaient sa curiosité :

— A qui pouvez-vous écrire si loin ?... que faites-vous de tant de pierres... et de tant de crapauds ?...

Surmontant sa timidité, Marius dut initier Rose aux mœurs de la couleuvre verte et jaune (*Zamenis viridi-flavus*), aux merveilles de l'entomologie. Elle s'intéressait à tout cela; ses prunelles, à travers les longs cils qui les tamisaient, semblaient toujours jeter des étincelles.

Et l'agent voyer bredouillait de plus en plus.

III

IDYLLE INSTRUCTIVE

Un dimanche, en sortant des vêpres, Rose alla se promener avec Joséphine Cougourdon. Elles étaient inséparables. Un vrai plaisir de les voir ensemble ! Les cheveux noirs de Rose rendaient plus pâle la matité de son teint : les frisons dorés de Fine voletaient sur le front. Douce et troublante, la blonde avec ses yeux de lapin.

Elles suivaient, depuis un quart d'heure, la route qui longe la Bléone. Une brise fraîche chantait dans les peupliers au bord de la rivière. Elles marchaient sans parler, quand, tout à coup, Fine s'écria :

— Oh ! c'est lui !...

— Qui donc ?

— Marius... je reconnais sa jaquette, son

chapeau de paille... Tu l'aperçois, là-bas, près du néflier ?

Les deux amies se rapprochèrent du naturaliste, à quatre pattes dans l'herbe, absorbé par une étude. Quand Rose fut à quelques pas, elle se mit à rire.

Honteux d'avoir été surpris dans cette posture, l'agent voyer se leva tout d'une pièce, comme un diable sort d'une boîte.

Il bégaya :

— Je vous demande pardon, mesdemoiselles. Si je vous avais aperçues plus tôt... C'est que... c'est que... j'observais une fourmilière.

— Nous ne voulons pas vous gêner, répondit Rose. Même, si vous étiez assez aimable, nous serions très heureuses, Fine et moi, de regarder aussi.

Les fourmis allaient, venaient, très affairées ; elles trottinaient à la queue leu leu, sur une ligne droite de sept à huit mètres, aboutissant à un poudingue, jeté sur la digue de la Bléone. Rose interrogea :

— Que vont-elles faire derrière ce rocher ?

— J'y ai disposé, expliqua le naturaliste, des grains de blé, qu'elles vont chercher. J'en ai vu déjà beaucoup retourner avec leur butin... et j'attends qu'elles aient fini de tout charrier pour me livrer à une expérience qui vous révèlera leur intelligence.

Rose et Fine suivaient des yeux cette longue procession de fourmis qui, après avoir porté les grains dans leurs galeries, en ressortaient immédiatement pour retourner au poudingue.

— Maintenant, le blé est dans les greniers... Si vous le voulez, je vais jeter l'émoi parmi la tribu. Ah ! les pauvres ne se doutent pas de la catastrophe qui les menace !...

Il se dirigea vers la rivière et revint avec un flacon plein d'eau. Puis, délicatement, il le vida dans la fourmilière. Une révolution éclate ; les petites bêtes noires se précipitent, furieuses, hors de leur trou. Cependant leur présence d'esprit ne les abandonne pas. En grande hâte, elles sauvent de l'inondation la récolte qu'elles viennent de serrer. Puis, ayant exposé les grains au soleil, elles ren-

trent chez elles pour les réparations urgen-
tes nécessitées par le désastreux éboulement.

Marius faisait admirer tant de sagesse :

— Je ne me lasserai pas de le répéter, les
animaux sont nos frères supérieurs. Quelle
volonté ils montrent ! Le malheur qui les a
frappés ne les décourage pas.

Cette leçon d'histoire naturelle avait amusé
les jeunes filles. Comme il se faisait tard,
remerciant le grand dadais, elles retournè-
rent à Champourcin.

Marius Pinoncelli était profondément touché de l'attention avec laquelle les deux
amies l'avaient écouté. Bientôt, il se dirigea
tout pensif du côté opposé ; il alla capturer
deux ou trois batraciens (*bufo vulgaris*),
dans le ruisseau où le père Ganze fait rouir
son chanvre. Il songeait qu'il s'était trompé
sur le caractère de Rose. Elle lui avait paru
légère, évaporée. Quelle erreur ! Elle ne ressemblait pas aux autres femmes, par lui en-
veloppées dans le même mépris.

IV

LES LEÇONS DE MARIUS

Aussi, depuis, Rose et Marius eurent de longues conférences. Assis tous deux sur le canapé, au fond de l'arrière-boutique, le professeur et l'élève passaient des heures entières à feuilleter des volumes d'Orbigny. Il discutait gravement, avec une peur de fixer le visage de la brune, quelquefois il tirait de sa poche un serpent ; il faisait remarquer à Rose le vif ardent des yeux, deux brillants noirs, le frémissement des écailles, la blancheur jaunâtre du ventre et une foule d'autres choses merveilleuses.

Oh ! il ne lui cachait rien. Quand on s'occupe de sciences naturelles, on ne doit pas reculer devant les détails. Il enseignait combien il est difficile de reconnaître le sexe des reptiles. Un jour néanmoins, il avait eu l'in-

dicible bonheur d'en contempler deux ac-
couplés :

— Rose, voulez-vous que je vous ra-
conte ?... Lundi, vers deux heures de l'après-
midi, j'étais près de l'oratoire élevé à l'occasion du dernier jubilé. J'entends un bruissement de feuilles sèches. Deux serpents, si
étroitement enlacés que leurs corps n'en for-
maient plus qu'un, le cou relevé verticale-
ment, la tête horizontale, décrivaient les plus
étranges évolutions, tantôt s'allongeant sur
le sol, tantôt s'enlevant brusquement... Je
restais là, bouche bée ; ma présence ne les
gênait pas... Enfin, ils furent une minute,
pâmés, immobiles, comme morts. Soudain
ils se séparèrent et disparurent dans des di-
rections contraires, derrière les buissons du
chemin... Lorsque je revins à moi, le charme
de ce spectacle était rompu. Il n'était plus
temps de les prendre...

Un autre jour, il apportait des crapauds et
il commentait leur persévérance lorsqu'ils
font génération. A ce propos, il citait : « Tant
que la passion tient les batraciens, aucun

danger ne les effraie, aucune douleur ne les
détourne de leur objet. Ils sont dans une
sorte d'extase qui les rend insensibles, non
seulement aux coups, mais aux mutilations
les plus graves, et on peut leur couper une
patte sans qu'ils paraissent s'en apercevoir. »
Pline, Liv. 33, ch. 3. Il traitait encore, avec
Rose, d'anatomie ; il lui apprenait que,
d'après certains physiologistes, un nerf d'une
extrême sensibilité descend de la bouche au
cœur, et plus bas encore.

D'une voix douce comme celle du crapaud
aimé, Marius déclamait ces vers un peu
vieillots, d'une perversion charmante :

> Baisez la bouche, elle répond à l'âme.
> L'âme se colle aux lèvres de rubis,
> Aux dents d'ivoire, à la langue amoureuse.
> Ame contre âme, alors, est fort heureuse;
> Deux n'en font qu'un, et c'est un paradis.

> (*Dictionnaire philosophique.*)

V

LES HANNETONS DANS L'ÉGLISE

Au mois de mai, l'Alpe est ravissante. Les hautes cimes sont encore couvertes de neige ; mais l'odeur grisante du renouveau flotte sur les bas paysages, blancs aussi de la floraison des amandiers, des pêchers, des pruniers. Le printemps monte ; aux flancs de la montagne, aux endroits où la roche est couverte d'un peu de maigre terre, des fleurs s'épanouissent, buvant les premiers soleils. Une chaleur réveille le sol, agite le sang plus vif des bêtes. Est-ce à cause de mai, qui se pomponne, dont les parfums enivrent ? Marius, dans ses courses, se surprit envoyant des baisers aux insectes vagabonds, aux daphnés, aux violettes. Il fredonnait parfois, et cela lui arriva même dans le village, sur

la Place-aux-Herbes, où est le bureau de tabac :

> Ne parle pas, Rose, je t'en supplie,
> Car me trahir...

Amoureux décidément, Marius Pinoncelli,
le soir, se rendait à l'église pour les exercices
de Marie. Certes, ce n'était point la dévotion
qui l'amenait là, car il se piquait d'être un
darwiniste convaincu, et les principes de la
religion catholique n'étaient, pour lui, qu'un
tissu d'absurdités. Il allait au mois de Marie,
uniquement pour voir Rose, pour l'entendre
chanter. Les jeunes filles avaient organisé
un chœur de pieux cantiques. Oh ! les heures exquises. Sur l'autel de la Vierge, super-
bement paré, illuminé de cierges, surgissaient des lys ; jeunes filles et lys, chants et
parfums, par intervalles traversés d'encens,
jetaient Pinoncelli en une extase d'un agré-
ment infini.

Et la voix de Rose dominait tout.

Brusquement, le charme amoureux et dé-
vot qu'il subissait était rompu. L'entomolo-
giste avait un haut-le-corps et envoyait la

main à son cou. Un hanneton, qui se prome-
nait tranquillement, lui chatouillait l'épi-
derme.

Pour rien au monde, les gamins de Champourcin n'auraient manqué le mois de Marie. Ils arrivaient dans le lieu saint, une douzaine de polissons, et à leur tête Jérôme
Chinchourlet, le plus grand vaurien du pays,
les poches pleines de hannetons. Ils trouvaient très divertissant de lancer ces insectes
pendant la cérémonie. Voyant ces coléoptè-
res voler un peu partout et troubler le recueillement des fidèles, les galopins riaient
dans leur coin. Mais ils étaient pris surtout
d'une joie folle lorsque Chinchourlet, sur la
pointe des pieds, s'approchait lentement, lentement, du naturaliste qui lui tournait le dos,
et lui posait un hanneton sur le cou. (Marius
était un brin la risée de la contrée ; le ridicule ne cessait pas, pour lui, dans le lieu
saint ; et pourtant Jésus est la bonté même).

Pinoncelli, trop absorbé pour s'apercevoir
du manège de Chinchourlet, saisissait le co-

léoptère, trouble malencontreux de son ra-
vissement. Mais il n'avait pas le courage de
le tuer, se disant :

— Un lamelliforme, un de mes frères infé-
rieurs, n'a-t-il pas le droit, lui aussi, de venir
dans la maison de l'Etre des êtres ?

VI

LA DÉCLARATION D'AMOUR

Le 6 juin, fête de saint Claude, patron de
Champourcin, anoncée dès l'aurore par des
salves de mousqueterie, Marius Pinoncelli
déjeuna chez Mme Mouton, qui sans doute
voyait en lui un gendre possible. Té, un employé du gouvernement, mon bon ! On ne
peut pas cracher dessus ! Au dessert, maman
offrit une vieille bouteille de vin des Méès.
Puis, Rose et Marius restèrent seuls dans la
chambre du premier, Mme Mouton, en bas,
servait les clients.

12

Ayant trop à se dire et ne sachant sans
doute par où commencer, les deux échauffés
se mirent à la fenêtre. Sur la place, dans la
salle de verdure improvisée pour le bal, ma-
gnifiquement pavoisée, Eustache Beaume et
François Poitevin, qui sont de tous les « ro-
mérages » du canton, jouaient avec entrain,
juchés sur une table, l'un du fifre et l'autre
du violon.

C'était vraiment joli.

Le quadrille commence. Jean Bélier est
fier de danser avec Louise Mouche. Courti-
sée par le plus solide gars du pays, la plan-
tureuse garce ne se tient pas d'aise. Aussi
elle a soigné sa toilette ; elle a mis sa robe
bleue, et, en arrivant dans la salle ver-
doyante, elle a eu soin de s'attacher un mou-
choir à la taille afin que la main en sueur
du galant ne maculât point son corsage. Elle
a même étrenné aujourd'hui un bracelet de
corail, qui lui a coûté cinquante sous à la
foire de Pâques, à Grivedesvignes.

Rose, acoudée à la fenêtre, près de Marius, souriait, tandis que lui remarquait, avec moins de timidité, l'incarnat des lèvres, le feu sombre des yeux de la coquette. A présent, sur la place, Jean Bélier faisait le cavalier seul. Il se trémoussait, le chapeau sur l'oreille, en bras de chemise. Au plus fort des applaudissements, il empoigne Louise Mouche, la soulevant vigoureusement ; étroitement serrés, ils tournent ; on aperçoit la jarretière rose de sa promise.

Marius excité, saisit la main de Rose, pour l'emmener dans la chambre, où ils tombent sur le canapé. Les cheveux de la brune exhalaient une odeur plaisante ; des effluves se dégageaient des joues empourprées. Comme il se penchait vers le visage de la jeune fille, un moment leurs lèvres se touchèrent. Lentement, il murmura :

— Rose, je vous aime...

Les cils de la friponne se baissèrent en frémissant ; et, alanguie, elle laissa tomber son front sur l'épaule de Marius.

— Hé ! Rose, viens un peu !... Fine te demande !

C'était Mme Mouton qui appelait. Ce fut la fin de l'extase dangereuse. Il mit encore un baiser sur la bouche, et ils descendirent, le cœur empli de joie.

VII

CANCANS A CHAMPOURCIN

Marius ardait pour la première fois. Mais il était trop respectueux pour que le cri de son corps ne se tût point près de Rose qui, le soir du romérage, lui avait dit, à la fin d'une promenade, après souper, sur la route de Grivedesvignes :

— Je t'aimerai toujours...

Oui, timide, il craignait d'effaroucher par un mot un peu leste la chaste enfant qu'il adorait. Et, parfois, il ne laissait pas d'être embarrassé par les saillies naïves de Rose. Il y avait surtout une diablesse de prière qu'elle lui adressait, en le fascinant de ses grands yeux noirs où la passion étincelait :

— Marius, je ne sais rien de l'amour et je voudrais être apprise par toi...

Il n'était pas assez savant! Et pas même une brute, cet agent voyer respectueux ! Un sourire plissait la bouche entr'ouverte de la jeune moqueuse, qui n'avait pas besoin d'être instruite, à ce qu'on dit. Elle avait piqué dans sa chevelure très noire quelques daphnés ; les mignonnes fleurs rouges semblaient saigner là en exhalant leur suave parfum.

Cependant, les assiduités de l'herpétologue étaient remarquées. Quand la femme de l'épicier Trotabas en causa devant elle, Mme Mouton de répliquer :

— Je suis bien tranquille, ma pauvre !... Ils font de la science... Ma fille, qui a son brevet de capacité, vous savez, a un caprice

pour l'histoire naturelle, voilà tout ! Et
M. Pinoncelli est très fort sur ce chapitre.

D'autre part, Rose montrait une langueur
qui encourageait les désirs du « calignaire »,
les bavardages des voisins. Entre chien et
loup, Marius entendit des femmes, dans la
traverse des Bécots, dire :

— Et toi, Charlotte, que penses-tu de
Rose ?

— C'est un volcan, cette petite.

Elle n'était pas sérieusement amoureuse,
mais attirée par un savant de province à
silhouette cocasse. Les goûts bizarres de Pinoncelli lui avaient frappé l'imagination. En
plus, l'orgueil était en jeu. « J'ai apprivoisé,
civilisé un sauvage. Aujourd'hui il est fou
de Rose, de sa rose d'amour, comme il le
répète avec bonheur. »

A part ce sentiment de fierté, peut-être
que la belle avait un peu de poivre dans la
tête, ou ailleurs.

VIII

EMBUCHES DE MARQUISETTE

Un soir, elle s'avisa de mettre la robe qu'elle portait au couvent des Ursulines, de Grivedesvignes, lorsqu'elle avait quatorze ans à peine.

N'était-ce point là une idée corrompue et délicate, une invention de marquisette Watteau, de se prêter à l'imagination de l'amant pour qu'il puisse, — avançant l'époque où il vous connut, — vous adorer petite fille, vous posséder vierge ; pour que ses caresses psychologiques, envoyées dans un passé intime, marquent, à mesure, chaque progrès du jeune corps qui, à présent, est le souverain dispensateur de ses plaisirs ?

Nées dans un lit de châtelain ou de concierge, les femmes, êtres davantage d'ins-

tinct, organisés surtout pour l'amour, sont
pareilles; chez une marquisette et une buraliste de tabac de village peut se rencontrer
une égale perversité.

Il commettait de charmantes indiscrétions,
le costume de pensionnaire des Ursulines ; le
corsage trop étroit ne pouvait enfermer les
nichons échappés de la chemisette, cacher
leur éblouissement, et la robe descendait à
peine jusqu'au genou.

Marius, les lunettes sur le nez, passait en
revue, doctoralement, chaque détail, la fine
cheville et la jambe élégante.

Son amie ne se possédait pas de joie. En
minaudant, avec mille câlineries, elle lui
nouait ses bras autour du cou, le fixait avec
des yeux flambants où la volonté s'abandonne. « Je veux être apprise par toi... »
Elle le redisait, gentille écolière, parmi ses
mots cajoleurs, sa gaieté d'être en robe de
couvent, ses caresses vaines.

IX

LES JARRETIÈRES

Marius continuait ses leçons. Un jour, il apporta un crapaud et mit Rose au courant des découvertes qu'il venait de faire sur ses mœurs. Le tenant délicatement par une patte :

— Avouez qu'il est joli!... Pas plus gros que le poing, et tout habillé de vert!... Voyez quelle malice! Savez-vous pourquoi ce jeune batracien laisse échapper des vésicules ce liquide inoffensif?... Pour que celui qui le tient dans les mains soit pris de dégoût et lui rende la liberté.

— Comment! s'exclamait Rose. Vous croyez réellement que c'est pour cela qu'il suinte?

— Il a tant d'esprit!

Le crapaud suintait toujours, et le naturaliste poursuivait ses explications qui répugnaient à la jeune fille. Il s'en aperçut enfin, et le crapaud, glissé avec précaution dans un petit sac bien fermé par une ficelle, alla continuer ses émissions dans la poche droite de la jaquette, réceptable ordinaire.

Dans l'autre poche, attendait une paire de jarretières rutilantes, aux boucles en argent, que Marius baisait, chaque soir, en se mettant au lit. Ce n'est pas tout d'acheter des jarretières; il faut les attacher. Grosse affaire! Comment oser une proposition si hardie. Qui sait? Ne se fâcherait-elle pas lorsqu'il exhiberait les jarretières et solliciterait humblement, oh! bien humblement! l'honneur de les placer lui-même?

Il retardait cette minute urgente et décisive. Son intérim à Champourcin finissait. Obligé de retourner à Grivedesvignes, il parlerait tout de suite au père Pinoncelli de son amour, de son projet de mariage. Le père consentirait; et il viendrait régulariser sa situation, demander Rose. Mais il ne pouvait partir sans offrir un souvenir à la belle qui avait pris dans son cœur la place des bêtes.

Marius, debout, pensif, inquiet, ses doigts grattant distraitement sur le sac le ventre du batracien qui gémissait sourdement, hésitait. Enfin, d'une voix grave, très émue, l'agent voyer, tremblant et rougissant :

— Je vous ai acheté des jarretières... Voulez-vous que je vous les mette ?

La tête baissée, il regardait à peine Rose qui allait, à coup sûr, l'écraser d'indignation.

Crânement, elle releva sa jupe très haut, très haut, et lui dit de sa voix la plus douce, avec un sourire qui aurait fait lever un mort :

— Tout de suite...

Pinoncelli fut atterré. Sans être priée davantage, elle montrait sa jambe! Il en tomba sur le canapé.

Elle accourut dans ses bras, et, joyeuse, câline, la robe troussée, s'assit sur ses genous. Jamais elle n'avait été si provocante ! Les bas de Rose, d'une longueur n'en finissant plus, montaient toujours, toujours, et la main créative de Marius montait toujours, toujours. Il sentait sur sa joue comme une haleine brûlante.

Enfin, il boucle les jarretières.

Mais, brusquement, il les enlève, fait descendre les bas jusqu'à la cheville et promène lentement sa main sur la chair; le toucher de cette peau satinée l'enfièvre davantage. Rose lui dit encore, voluptueuse, soupirante : « Je veux être apprise par toi... » Puis elle se renverse, demi-morte, en un mouvement d'une joliesse friponne et se couvre les yeux.

En vérité, Marius fut sur le point de succomber; mais la passion fut vaincue.

Se dégageant, il se leva.

Sans bouger, il contemplait Rose en désordre, les seins dehors, dans une attente, les mollets nus, le giron sans défense. Elle eut l'air de s'éveiller encore un peu délirante, déjà honteuse. Alors, ne sachant plus quelle contenance se donner, il empoigna le sac sur lequel ses doigts caressaient encore machinalement le crapaud; il en tira l'animal et ne trouvant que cela à dire :

— C'est qu'il suinte toujours...

— Il a tant d'esprit! répliqua-t-elle, sèchement.

Le lendemain, il lui envoyait une longue lettre :

« Ma Rose d'amour,

« Il faut que je t'écrive. Je sens que mon pauvre cœur déborde. Oublie la scène d'hier, les attouchements auxquels je me suis livré. Douce enfant, tu n'osais pas protester, tu craignais sans doute de me faire de la peine. Mais je l'ai bien vu, ta pudeur se révoltait... Voilà pourquoi tu es tombée à la fin, comme anéantie, sur le canapé, en te voilant le visage. Et, quand tu es sortie, ta parole brève, l'éclair de tes yeux, le sourire de mépris plissant ta lèvre, tout me disait que je venais de manquer à mes devoirs.

« Oublie ma faute, ma très grande faute, Rose; j'implore ta pitié, ton pardon... »

X

DEMANDE EN MARIAGE

Le père Pinoncelli, serrurier à Grivedesvignes, dans la rue de Provence, tomba quasiment des nues, lorsqu'il apprit que son petit était amoureux.

— C'est bien sérieux, fiston, ce que tu me contes... Mais tu sembles changé, nom de Dieu!... Autrefois, tu fuyais les femmes comme la peste...

— Rose... mon père... n'a rien de la femme.

— Hein? fit le serrurier stupéfait.

— Je veux dire que c'est un ange.

— Ma foi, puisque tu veux épouser, épouse !

Trois jours après, Marius se présentait chez Mme Mouton. Il était en grande tenue. La buraliste parut très flattée de la demande :

— Je sais bien que si Rose était votre femme, elle ne serait pas malheureuse. Il lui serait impossible de trouver, si elle ne vous accepte pas, un mari qui vous ressemble... car, franchement, vous êtes unique.

Pinoncelli courba le front sous cet éloge. Il attendait avec impatience que Mme Mouton dise : « Rose sera votre femme. » Ce ne fut point ainsi qu'elle parla. Sans doute, elle ne faisait aucune objection sérieuse. Toutefois, il fallait réfléchir un peu avant de se décider. Elle promettait de faire connaître sa réponse, à Grivedesvignes, dans huit jours, au plus tard.

L'agent voyer n'insista pas. Il était fort troublé, — prononçant les mots avec une difficulté extrême.

XI

LE REFUS DE ROSE

« J'ai de tristes nouvelles à vous apprendre. Ma mère, subissant des influences, ne veut pas de ce mariage. Elle dit qu'elle ne peut consentir à se séparer de moi.

« Qu'ai-je donc fait d'injuste, pour être si contrariée ?

« Adieu, mon cher Marius... »

Maman n'empêchait rien du tout. Un bon part , M. Pinoncelli; mais Rose ne voulait plus en entendre parler. Son imagination exaltée n'avait plus que dédain pour l'agent voyer, membre de la Société scientifique et littéraire de Grivedesvignes, rédacteur d'une publication semestrielle considérée dans le département : *le Hanneton des Alpes.*

— Tu sais bien, maman, que je l'ai toujours considéré non comme un amoureux, mais comme un bouffon... un innocent... Té! quand je vois une bête, je pense à lui!

XII

DEUS EX MACHINA

Marius, ayant appris ces propos, entra dans
une grande colère. C'était la seule femme
qu'il eut jamais aimée. Puis, sa vanité s'en
mêlait. Il est agent voyer; c'est une position.
Peut-être parce qu'elle a son brevet de capacité, elle voudrait épouser un « monsieur »
de la ville. Mais est-ce qu'il n'est pas un monsieur? Il émarge à la Trésorerie. Rose le re-
fuse; et elle en sera réduite à accepter un ou-
vrier ou un paysan.

Après un accès d'orgueil, bien compré-
hensible, la mémoire parlait à son tour. Elle
l'avait aimé; il n'en peut douter. C'est comme
si elle s'était livrée à lui, à ses étreintes; tant
de baisers échangés valent, certes, mieux
qu'un oui devant M. le maire de Champourcin. Elle niera! Mais il a des témoignages de
leur passion partagée, — des lettres !

Le soir, dans sa chambre, il les relut.
C'était, en une atmosphère un peu pourrie,

13

un bruit continu de bêtes qui s'efforcent gau-
chement, qui rampent. Dans les bocaux po-
sés sur le parquet ou sur des étagères, des
serpents, des crapauds, des grenouilles es-
sayaient de soulever les couvercles chargés
de lourdes ammonites, ou cornes d'Ammon,
dieu phénicien, le Soleil.

Ce billet se rapportait au temps des der-
nières leçons d'histoire naturelle : « Au point
de vue théorique, tu m'as suffisamment instruite. Pour compléter mon éducation, quand
donc, m'ami, une expérience ensemble ? Les
robes ne me gêneraient-elles pas? » Rose, en
effet, avait écrit cela; ses sens exaltés, dans
la tranquillité de la vie provinciale, parfois
s'apaisaient ainsi. Marius considéra Rose
comme une impudique ; et il songea à montrer ces billets intimes. (Il ne l'aurait pas
fait ; c'est un brave garçon.)

Tout cela revint, colporté, à Mᵐᵉ Scholas-
tique Mouton et à Mˡˡᵉ Rose, qu'on n'appelait
plus, dans le pays, que « Rose d'amour ».

La mère et la fille vivaient dans la terreur
d'un esclandre, d'autant qu'un voyageur de

commerce, un bel homme, qui gagnait au moins dix mille francs par an, courtisait Rose. Il lui écrivait souvent de Gap, de Grenoble, d'Avignon, de Turin, de Gênes, et, sans doute, il l'épouserait. Comment se tirer de là? La mère et la fille y songeaient quand Rose eut une excellente idée :

— Si nous en parlions à l'oncle?

Un solide, un dur à cuire, cet oncle, M. Pierre Brusquet, capitaine des pompiers à Malefougasse. Il fallait le voir parader, le dimanche, casque en tête, sabre au côté, sur la poitrine la médaille militaire, avec sa compagnie de quinze citoyens.

Et tous, des poilus.

Mme Mouton se rendit chez son frère, qui prit sa bonne plume :

« Malefougasse, 10 septembre 1878.

« Jeune homme,

« J'ai l'avantage de vous faire savoir que Mlle Rose Mouton a un oncle à Malefougasse, qu'il s'appelle Brusquet, dit Cigare, et que, depuis seize ans, il est capitaine des pompiers dans cette ville.

« Si vous ne me connaissez pas et que vous ayiez envie de voir la tête que j'ai, vous n'avez qu'à vous arrêter un instant à Grive-desvignes, devant la vitrine du photographe Tistet. Le portrait qui représente un capitaine des pompiers avec des épaulettes d'or, c'est le mien.

« Ces explications données, vous cesserez immédiatement d'écrire à Mme Mouton et à ma nièce, des lettres injurieuses et qui n'ont pas le sens commun.

« Nonobstant, vous vous attireriez une affaire désagréable, car je vous ferais voir de quel bois se chauffe le capitaine des pompiers de Malefougasse.

« Je vous salue. »

⁂

Ainsi finit la comédie.

LA MORT DE CANARD

LA MORT DE CANARD

Georges Decroix, le peintre et l'amant des danseuses, posait dans l'antichambre du ministre de l'Intérieur et des Cultes, M. Lefèvre. Ce qui le consolait un peu, c'est qu'une douzaine de gens graves, importants, faisaient comme lui. Certains, tirant une moustache ou des favoris, se dandinaient sur les banquettes, tantôt la jambe droite sur la gauche, tantôt celle-ci sur celle-là; beaucoup semblaient plongés dans un gouffre de réflexions.

Des huissiers, bien rasés, la chaîne d'argent qui tranche sur l'habit noir à la française, circulaient avec des dossiers, sans se presser. A leur allure, on reconnaissait des philosophes. Oui, certes. Ils savent bien que, leur chef de quatre jours sombrant, eux resteront. Ah ! ils en ont vu défiler des sous-se-

crétaires d'Etat et des minisres ! Ces éphé-
mères sont absolument impersonnels pour le
personnel. « Monsieur le ministre.. » Le nom
n'importe guère.

Rabot surtout, l'huissier attaché spéciale-
ment à M. Lefèvre, amusait Decroix. Glabre,
ventripotent comme un bedeau, d'aspect so-
lennel, il avait des haut-de-tête, une façon
impayable de toiser un postulant, de rajuster
son binocle au fin bout du nez, quand on lui
tendait une carte. Georges Decroix lui donnant la sienne, il avait eu l'air de se dire :
« Toi, mon petit, tu peux attendre... » Il
n'avait point mauvaise façon, le peintre. Bien
campé, mais d'air indépendant, plein de dé-
sinvolture, il n'avait pas plu, sans doute, à
M. l'introducteur.

(la pose

dans

l'antichambre.)

Aussi, lorsqu'après un petit quart d'heure, Rabot, appelé par la sonnerie du ministre, revint, c'est avec une drôle de figure que, bien que ce ne fut pas son tour, il pria M. Decroix d'entrer. Georges n'acheva pas le croquis, déjà très enlevé, d'un quémandeur au profil de mouton, et pénétra dans le cabinet de Son Excellence.

Rabot grommelait :

— Il n'y a qu'un ministre pour recevoir de pareilles gens! Un artiste!... quand trois conseillers généraux, deux préfets, un évêque, trois députés, restent à la porte.

Dans le vaste salon triste, tendu de vert sombre aux immenses fenêtres, Georges Decroix, pas très à l'aise, aperçut à son bureau, entre plusieurs piles de paperasses, la chevelure, toujours un peu hirsute, de son ami Lefèvre, ministre depuis longtemps, deux mois. S'il ne savait trop quel accueil lui était réservé par le tout puissant, il fut vite rassuré.

Se levant, M. Lefèvre, après une franche poignée de main, tout heureux d'être contemplé par un camarade des premières années dans le décor gouvernemental, dit, d'une voix de tribune :

— C'est bien de ta part, mon cher Georges, de ne pas oublier les anciens... Je me proposais toujours d'aller te faire la surprise d'aller te voir dans ton atelier. Mais tu sais,

on a beau dire, on n'en finit plus ici... Prends
ce fauteuil, mon vieux.

Ils s'assirent, et le ministre reprit :

— Quel vent t'amène? Que puis-je pour
t'être agréable ?...

— Oh! rien pour moi... Si je ne suis pas
venu plus tôt, c'est que j'ai horreur de rendre visite à des gens occupés... Tu n'as pas
l'air trop olympien... Je m'attendais à admirer une façon d'empereur sur le trône. Tu es
toujours le même... Eh bien, je suis ici pour
Papillon.

— Papillon?... Qui ça, Papillon?

— Tu le connais... Papillon, l'albinos, le
savant, le laid, le bon enfant... Tu ne te rappelles pas son vaste front, si bosselé qu'il
ressemble à une coquille de noix ?... A la
brasserie du Monome, au quartier, Verlaine
lui fourrait un tas de soucoupes dans ses poches, et Papillon ne s'en apercevait qu'en se
déshabillant... Je comprends que tu l'aies oublié, ambitieux !... Il le pensait; c'est même
pourquoi il n'a pas osé venir. Toujours ti-

mide, d'ailleurs, quoiqu'il ait pas mal roulé
depuis... Il a voyagé un peu partout; même
il a failli être scalpé...

A ce moment, Rabot ouvrit la porte et annonça « monseigneur l'évêque de Meaux ».

— C'est bien... c'est bien. Qu'il attende,
Bossuet! répondit le ministre.

— Il y a aussi M. le préfet d'Aurillac...

— Rabot, je suis occupé...

... Tu vois ce que l'on me rase, hein?...
Papillon, oui, parbleu! je me souviens. Il est
la cause d'une de mes meilleures aventures...
Ah! j'étais loin de songer à lui quand tu m'as
dit son nom!... Mais je vais te conter l'histoire. Tu ne dois pas la savoir; tu ne fréquen-
tais guère notre bande, alors; tu venais au
quartier, mais irrégulièrement... Il y a vingt
ans de ça, mon vieux.

Le ministre eut un accès de gaieté. « Ah!
sacré Papillon!... » Une bouffée de jeunesse
lui éclairait le visage; il riait de bon cœur,
comme jadis.

Enfin :

— Tu as encore mémoire, cher ami, de cette superbe fille à la chevelure noire, ondoyante, aux yeux étranges, tziganes... de la belle et la bête avec laquelle j'ai habité, rue Cujas, pendant une année?... Chaque fois que les amis venaient à la maison, ils la trouvaient barbottant dans sa cuvette. Vous l'aviez baptisée : *Canard*.

C'était le bon temps, alors...

Une fantaisiste, ma mie! A Noël, elle voulut, absolument, aller entendre la messe de minuit, à la campagne. Je la menai à Meudon. C'était un soir de neige. Je nous revois encore, très amoureux l'un de l'autre, dans l'église; Canard, heureuse de ma soumission à son caprice, me regardait avec des yeux qui promettaient une nuit folle...

Ça ne m'empêcha point, trois semaines après, de lui faire un gros chagrin. Je l'avais quittée pour une nuit... avec la petite Zest, ce voyou blond, si amusant... Tu l'as connue intimement, je crois?... Elle a été aussi, quinze jours, collée avec Gaston Doumergue, *Gastounet*, qui les butinait toutes, comme toi.

— Monsieur Caval, conseiller d'Etat.

L'huissier dont on n'entrevit que le nez, disparut bien vite.

... Le lendemain, Canard me bouda absolument, et, à la brasserie, questionna Papillon sur le moyen de s'empoisonner sans trop souffrir... Lui, pour s'amuser ou se doutant peut-être du coup, prôna l'infusion de têtes de pavots :

— C'est délicieux, un grand verre vous endort, vous fait avoir des songes de fumeur d'opium, et l'on n'a pas le souci de se réveiller... Pour quatre sous, tu peux te payer ça...

Prévenu, je restai calme lorsque Canard m'apprit qu'elle avait assez de la vie, que j'étais un « sale type », et qu'elle allait mourir :

— Je me suis empoisonnée... Tu ne veux

pas le croire? voilà le reste de l'infusion de pavots.

— Ma pauvre petite, que veux-tu que j'y fasse ? Il n'y a rien qui puisse réagir... C'est trop tard maintenant... Il faut en prendre son parti.

Je dis cela fort tranquillement. Elle eut une explosion de sanglots :

— C'est toute la peine que je te cause ?... Ah! j'ai eu bien raison de mettre fin à mes jours. Tu seras content, hein! que je ne sois plus là? Tu vas t'en payer avec Zest? Faut-il que tu aies peu de goût pour fréquenter un chiffon pareil ? Elle a sur le dos tout ce qu'elle possède, et encore sa robe n'est pas payée . le blond de ses cheveux non plus.

— Voyons, Canard, ça t'est bien égal, puisque tu vas trépasser.

Mon argument dut la saisir, car elle s'arrêta court. Le sommeil, d'ailleurs, la prenait, ses cils avaient de légers battements... Elle voulut faire son testament, envoyer des lettres à je ne sais qui. Je lui offris de splendides feuilles de papier... Canard avait, vrai-

ment, une fin très digne, interrompue, de-ci
de-là, par des envies de dormir ou par des
larmes... Parfois, rien de plus comique que
son trac; elle savait que, si elle fermait les
paupières, elles ne se rouvriraient plus; elle
écarquillait les yeux, respirait avec force et
parfois se pinçait... Puis elle fut résignée et,
alors, commença une élégie :

— Pourtant, la vie est belle. J'aimais le
soleil, les fleurs, les baisers. C'est bien triste!...
bien triste! Achille, de quitter ces belles choses. Viens près de moi, là... plus près.

Je la pris sur mes genoux ainsi qu'un bébé,
et l'embrassai follement. J'étais touché,
quand même; elle était si gentille ainsi, plus
douce, plus caressante que jamais; elle mourait bien. « Oui, je suis bien ainsi, avec toi...
Tu regrettes de m'avoir trompée, dis?...
Donne ta bouche... Tiens! Tiens!... » Et elle
s'endormit, entre deux baisers.

Je la posai doucement sur le lit.

Un clair rayon, courant sur son gentil visage, réveilla mon amie. J'étais près d'elle et

la contemplais; elle bâilla, étirant ses bras, avec une fossette à chaque coude. Puis à ma vue, elle se rappela tout. Très étonnée d'être vivante, encore lourde de la nuit, se tâtant, comme pour s'assurer de la réalité :

— Comment c'est moi?... c'est toi?... Je ne suis pas morte!... Mais non. Je vis! Je vis! Je vis!...

— Oui, grande nigaude.

Je lui expliquai que Papillon l'avait trompée et qu'il m'avait averti. « Je t'ai laissé croire à ton empoisonnement... C'est ta punition. Tu ne recommenceras plus, n'est-ce pas?... » A la fois honteuse et joyeuse, elle pleurait et riait... Une averse par du soleil.

— Aujourd'hui, mon cher Lefèvre, tu es ministre... Mais Canard?... qui sait ce qu'elle est devenue?

— Une grosse commère... Elle chante, sur le billard, dans les cafés de province.

Rabot parut de nouveau :

14

— Monseigneur l'évêque de Meaux prie instamment Monsieur le ministre de lui accorder une audience.

— Allons, pas de bêtises!... Au revoir, mon vieux Georges. Bossuet m'attend.

— A bientôt, cher... Mais ta remontée de souvenirs m'a fait oublier de te parler de Papillon...

— Qu'il soit sans inquiétude... Qu'il vienne m'entretenir, lui-même, de son affaire... Je le recommanderai. Adieu... Rabot, faites entrer « monsieur l'évêque ».

MADAME DOLLAR

MADAME DOLLAR

Elle arrivait du pays des dollars, était fabuleusement millionnaire, et c'est pourquoi — de même qu'on avait surnommé la fille de M. Prentice, *Miss América*, parce qu'elle représentait, pour les mondes de Paris, l'éducation américaine —on l'appelait : *Madame Dollar*. Ayant commis toutes les excentricités possibles, et même deux ou trois presque impossibles, Mme Dollar n'a pas su se faire pardonner sa richesse. Manque de souplesse, ou orgueil d'argent, elle conserve, — les exagérant même, — les mœurs et les idées de son pays : elle a voulu s'inspirer de ces idées, donné à entendre que les usages d'outre-mer sont les seuls vrais, et elle a froissé la société parisienne. L'intelligence, pourtant, ne lui fait point défaut, et, subtile, elle voit tout : il lui aurait fallu être souple, elle ne le pouvait pas.

Une gerbe de maladresses s'épanouit, une
saison d'hiver, dans le ciel glacé, par-des-
sus les toits de son hôtel somptueux, près
de l'Arc-de-Triomphe. Elle raccola des invités
pour ses dîners, et l'on y alla par curiosité :
mais, victorieuse, elle assura qu'il suffit de
pendre un gigot à son cordon de sonnette.
Une élite parisienne arriva en habit noir, ou
les épaules nues. Aux ventes fameuses, quelqu'un en vue désirant un objet, elle enché-
rissait brutalement, jetant tout de suite de
gros chiffres, ne voulant pas s'amuser au jeu
des enchères, et triomphait à coups de billets de banque. Cet étalage de sa fortune ne
la rendait point sympathique; on eût aimé
de la discrétion, elle avait l'air de faire
cas d'un papier de mille comme d'un ruban
rouge ou d'un chiffon à peine regardé.

Les salons de son hôtel étaient resplendis-
sants de dorures : sur tous les murs, une cha-
marrure d'or, criarde. Chevaux magnifiques,
écuries somptueuses, coupé électrique, victoria, landau, mail-coach. Elle conduit souvent un break bien connu des habitués du

Bois qui la regardent, au passage, détaler,
avenue des Acacias, les guides bien en main,
le fouet de l'autre, dans un costume, très
chic peut-être à Boston, à Paris de mauvais
goût. — Pourquoi ne lui tient-on pas compte
de ses qualités ? D'un cœur généreux, elle a
dispensé de belles aumônes sur les pauvres,
mais elle les a, très souvent, faites spontané-
ment, sans ostentation, suivant le précepte
biblique de sa religion : « Que la main gauche ignore ce qu'a donné la droite. » Quelquefois, cependant, on a su ses royales aumônes. Alors ce fut un autre cri de Paris : « Elle
veut écraser tout le monde par sa fortune. »
Elle s'était inscrite pour plus que Rothschild.

Cette injustice et ce mépris pour la femme
grandissent, sans éloigner la courtisanerie
pour ses millions. Un peintre illustre solli-
cita de faire le portrait de l'Américaine, dont
les yeux de dollars lui souriaient. Elle le
croyait grand peintre sur sa renommée : elle
offrit cent mille francs. Or, le peintre man-
qua de probité ou de talent : elle lui jeta aux
pieds un chèque de cent mille, en disant :

— Vous croyiez donc que je ne me connaissais pas en peinture ?

Le peintre illustre voulut se rebiffer, après avoir ramassé le chèque par terre; elle, née d'ouvriers, veuve d'un roi du cuivre, très calme, lui cita le code : « Toute tromperie sur le poids et la qualité de la marchandise est un vol. J'attendais de vous de la peinture, et vous m'avez donné une croûte. » Le peintre grossit le troupeau des médisants; et, comme il avait de l'esprit, si le portrait ne valait pas cent mille francs, il donna de l'esprit pour la différence.

Une aimable circonstance fit connaître Mme Dollar au peintre Georges Decroix. Elle descendait, — un gentil matin de soleil, — près du tir aux pigeons, d'une charrette anglaise qu'elle conduisait elle-même; un coquet sac de soie vert réséda qu'elle avait au poignet, glissa sur le gant, tomba sur la chaussée. Le peintre passait, à ce moment, près d'elle, et, se baissant, il prit le réticule — on prononce : ridicule — pour le lui remettre.

Mme Dollar s'inclina à peine, de cette façon cavalière qui lui était ordinaire, en le toisant comme les Yankees toisent là-bas quelqu'un pour juger de sa valeur. L'homme lui plut, car elle dit aussitôt :

— *Thank you, sir. You are a man, and a gentleman also.*

Et tout de suite, sa présentation faite alertement par lui-même, elle l'invita à aller la voir chez elle. Le lendemain, le peintre se présentait à l'hôtel — un petit palais — de Mme Dollar; elle était curieuse à étudier, peut-être à peindre; d'ailleurs cette antipathique à beaucoup lui plaisait, vraiment, comme il avait plu lui-même. — Suivirent, ainsi, quelques visites assez rapprochées.

Il avait remarqué que la milliardaire n'avait pas de femme de chambre. Un après-midi, elle était à sa toilette quand il se fit annoncer. Comme elle avait entendu dire que les Parisiennes recevaient à leur toilette, — elle ne s'était pas enquis à quel moment,

— elle le reçut. Quand il entra, Mme Dollar
sortait du bain, et elle était nue.

Elle lui tendit la main sans gêne, et il la
serra de même. — Mme Dollar avait, alors,
trente-cinq ans. Le peintre admirait le mus-
clé, le dru de la chair de ce corps élégant,
rose encore de la tiédeur du bain, un de ces
corps merveilleux où la vie s'affirme avec
force, à croire que leur beauté défie et défiera
les ans. Les cheveux blonds, en masses lourdes, humides d'eau parfumée, ruisselaient
sur les épaules splendides en cascatelles de
cuivre; et, — devant, — la même rutilance
écussonnait la reine du cuivre. Le peintre des
danseuses la compara à une femme michel-
angelesque, à la statue vivante, et puissante
de relief, d'une Innocence créée par le Buo-
narotti. En effet, sans prétentions, ne cherchant pas à coqueter, sans même une pensée d'excitation, elle était bien l'Innocence,
non ce joli que les peintres et les statuaires
français ont souvent rendu, mais une Innocence anglo-saxonne, sûre de sa force et de
sa personnalité.

Or, Mme Dollar causa avec le peintre, tandis qu'un homme, aux jolies mains harmonieuses, la frottait, la massait, suait à manier cette chair drue, ces membres musclés. Malgré sa volonté de ne point paraître étonné, Decroix avait laissé échapper un regard de surprise, car elle lui dit :

— C'est mon valet de chambre.

Telle est la réputation de Mme Dollar, — et c'est la vérité — si elle a inspiré quelques passions, elle n'y a pas répondu. Elle n'a pas d'amant; encore une de ses originalités. Avec sa nature épanouie, avec ces forces qui devaient se dépenser sous peine d'amener le plexus sanguin qui tue, comment se dispensait-elle des voluptés naturelles? Quand, après avoir aidé à la vêtir, d'un peignoir délicieux, le masseur fut parti, le peintre se risqua à l'interroger, un peu lointainement, sur ce sujet. Comprenant ce qu'il voulait dire, elle l'arrêta presque aussitôt :

— Vous avez raison. J'ai ce que vous appelez en français du tempérament, et je dois, selon vous, dépenser le trop plein de ma

santé. Vous avez vu mon masseur, mon valet
de chambre. C'est un blanc qui a eu un acci-
dent, et il me sert à deux fins; il m'aide à
ma toilette, et il m'aide à cette dépense. On
est toujours mieux servi par un homme que
par une femme, et je ne sais si vous avez
remarqué combien l'homme est plus intelli-
gent que la femme.

Le peintre souriait; elle continua simplement :

— On ne peut pas être chaste avec ma vigueur physique. J'ignore ce qu'est l'amour,
mais je le devine : la femme toujours trompée par l'homme. Moi, de même que j'ai
faim, j'éprouve le désir. Alors, mon esclave,
— l'eunuque blanc que vous venez de voir,
— physiquement, et c'est la seule chose dont
nous avons à nous inquiéter, me donne les
sensations voulues. Je me savais faible par
cela; et, veuve, avant de venir en Europe,
j'ai réfléchi que je pouvais devenir la proie,
non par mon cerveau, mais par mes sens, de
quelque « for life struggler », d'un de ces
lutteurs pour l'argent, de ces combattants

pour la vie de luxe, comme il y en a tant
chez vous, à Paris surtout, où des hommes
bâissent leur maison à la manière des cas-
tors : alors, cet amant, avec ses prises sensuelles sur moi, que ne m'aurait-il pas fait
faire? J'ordonnai d'insérer des annonces dans
les principaux journaux de Boston, New-
York, Philadelphie, San-Francisco, Chicago,
des annonces qui disaient exactement, le garçon ou plutôt le demi-garçon que je voulais.
Et il faut croire que cette espèce incomplète
abonde, car je reçus une multitude d'offres;
j'examinai chaque réponse, et je choisis, pour
sa jolie main, l'eunuque blanc que vous avez
vu.

— Vous êtes veuve. Vous ne vous rema-
rierez donc pas?

— Je ne cherche pas un homme, mais
une situation. Si je voulais épouser un prince
ou un duc aux abois, il y a longtemps que je
serais princesse. Et le violoniste tzigane, qui
recommence, dix fois par jour, le même air,

toujours avec la même fougue, ne me tente pas. D'autre part, — et Mme Dollar fixait tranquillement ses yeux sur le peintre, — je ne vois dans mon entourage aucun homme de grande valeur et qui me plaise vraiment. Oui, je commence à croire que j'ai, peut-être, mal fait de quitter mon pays, et qu'il n'y a encore que dans les Etats de l'Union que pullulent vraiment des hommes forts, des...

Sans achever sa phrase, sans chercher le mot qu'elle aurait trouvé, — chuchotant avec un sourire indéfinissable : « — *It is a comedy. Farewell, I wish you all happiness.* C'est une comédie. Adieu, je vous souhaite beaucoup de plaisir » — elle disparut derrière une portière de soie, aux tons de cuivre rouge, où, dans les larges plis, zigzaguait, argent et or, une chimère très étrange, — dont les yeux scintillants étaient deux émeraudes.

LA MÉDAILLE D'HONNEUR

LA MEDAILLE D'HONNEUR

pour
le Grand peintre
Louis Legrand.

Georges Decroix posa sa palette sur une table et à côté, — dans une potiche japonaise sur les parois de laquelle étaient représentés les flots de la mer — les pinceaux tachés de couleur; il s'éloigna de son chevalet, roula une cigarette, puis, s'étirant, marcha de long en large à travers l'immense atelier, déjà envahi par la pénombre claire d'un soir d'été.

Un rayon furtif allumait des étincelles aux dorures d'un vieux coffret et faisait luire les paillettes d'un costume de clownesse dont était habillé un mannequin à figure de cire, — sensuelle et apeurante un peu comme un masque.

Il marmotta :

— Il a raison de fiche le camp, le soleil ! Je suis à bout de travail.

Puis avec humeur :

— Cette petite rosse de Francinetta n'est

15

encore pas venue!... Ah! si j'étais sûr de trouver une aussi ingénue frimousse, elle pourrait bien aller galvauder avec des gamins à
son aise!...

Decroix s'arrêta en face d'une ébauche :
une très jeune fille à genoux devant un autel
fleuri de vieille église, parmi des floraisons de
mai, du mois de Marie.

— Oui, pas mal... Les chairs du front pâ-
lissent un peu...

Avec des gestes imperceptibles, il s'indi-
quait à lui-même de légères imperfections,
des « embus » auxquels il devait prendre
garde, puis il alla jusqu'à la fenêtre grande
ouverte.

Au balcon d'en face, une jeune fille très
brune, le teint ambré, un ruban incarnat
nouant une lourde tresse sur ses épaules, assise dans un fauteuil d'osier, travaillait à
quelque mignon ouvrage. Elle se leva soudain, rentra dans la chambre. Georges Decroix sourit; il regardait aller et venir derrière les fenêtres, une autre silhouette, plus
délicate et fine, la petite sœur. Il songea :

— Ce serait mieux que Francinetta...

Le peintre s'accouda dans l'embrasure.
Dans la rue Albert Besnard, très calme, on
entendait, de temps à autre, le pas cadencé
des chevaux et le roulement d'une voiture ou
le bourdonnement d'une autre. Non loin, une
violoniste invisible — mais qu'il connaissait,
Jeanne Dorlys, — jouait une mélodie vieil-
lotte, évocatrice de printemps poudrés, de
fêtes galantes, de mouches et de longues robes
à traîne à larges plis Watteau, voilant des
corps graciles d'aristocratiques amoureuses.
Les chevelures neuves, vert tendre, de vieux
arbres débordaient les murs d'un jardin; leurs
cimes étaient toutes dorées de soleil. Puis, au
bout de l'allée, dans un poudroiement argent
et bleu, une façade d'hôtel, des candélabres à
réverbères, des équipages, des passants et des
passantes minuscules, avenue de l'Alma.
Vers la gauche, une buée d'or, d'où semblaient venir, de loin en loin, des ronflements
et des strideurs de sirènes, laissaient deviner
le fleuve qu'il ne voyait pas.

Le peintre songeait à des autrefois de jeunesse. Depuis ses premiers succès, il y avait vingt ans, il n'avait pas quitté cet atelier, et l'appartement qu'il avait pris en affection, le tout meublé selon ses goûts d'artiste amoureux de la couleur, des lignes et des formes, — de la Femme, qui résumait encore pour lui, toute la Beauté.

Toujours bien découplé, aux larges épaules, la figure sensuelle, douce et mâle, les yeux bruns très longs, les lèvres gourmandes sous la moustache retroussée, Georges Decroix avait possédé nombre d'amantes : des passagères d'une fois ou de plusieurs, entre deux passionnettes. Ainsi, dans sa rue, toutes celles qui étaient belles ou jolies : la violoniste Jeanne Dorlys, aux yeux de pervenches graves sous les longs cils noirs, le front angélique sous des bandeaux de madone brune; Suzy Taylor, la belle écuyère. En procession, chacune écussonnée d'une fleur qui la synthétisait, Georges vit défiler, devant les yeux du souvenir, quelques anciennes aimées. Il avait butiné toutes les belles du voisinage, ou presque toutes.

A l'étage au-dessous, une acteuse, la blonde Miette d'Oly, fleuretait avec lui; — une actrice, Minna Delmet, rousse à peau de lys, capiteuse, évoquant une coupe de vin d'Asti, lascive et rieuse comme une tanagréenne bacchante, l'avait subjugué tout un mois. C'étaient encore de gentils trottins, entr'autres la fille d'une concierge du haut de la rue, mannequin très élégant chez un grand couturier, et d'authentiques jeunes femmes du monde, ou sur la marge : Hélène de Granracy; la marquisette de Champreux, Blanche Marcin, mariée à un maître des requêtes au Conseil d'Etat. — La mémoire des hommes amants et aimés est pareille, sur le retour, à ces vieux petits coffrets qu'on retrouve dans les meubles gracieux et caducs, les bonheurs du jour et les chiffonniers du dernier siècle ; quand on les ouvre pour y chercher d'anciennes choses, il s'en exhale des flagrances exquises et mélancoliques, des effluves du joli temps qui est passé trop vite.

Du balcon en face, et un peu au-dessus de lui, une ombre le tire de ses remembrances, tandis qu'il semblait absorbé dans la contemplation du soleil couchant, là-bas, et de la fumée de sa cigarette. La sœur cadette, était, à présent, seule; à son tour, elle était assise sur le fauteuil d'osier, et elle regardait aussi loin que pouvaient voir ses yeux, en suivant ses rêves dans la transparence d'une belle fin de jour.

Deux ans — mais oui! — seulement deux ans plus tôt, Decroix l'avait vue en première communiante, Micaëla, descendre de voiture devant la porte de leur maison, avec sa sœur — et sa mère, Lola Mélien.

Maintenant c'était presqu'une femme cette petite. Decroix haussa les épaules :

— Les années qui la feront fleurir pèseront lourd sur mon crâne, se dit-il.

Lola Mélien, elle, avait été très belle : elle l'était encore. Bonne comédienne, notoire sans être illustre. On l'avait présenté à elle, il y avait une douzaine d'années. Déjà, douze

ans! — Depuis ce temps, où il avait désiré,
possédé la jeune femme, — à présent mère
de famille, riche presque et retirée du théâtre — ils étaient restés bons camarades, se
visitaient de loin et loin.

Lola Mélien, — blonde, dorée, de la
nuance des cheveux de sa cadette, les lèvres
en arc sourieur et provoquant, des yeux
d'améthyste striés d'or — c'était, dans son
monde, et avec la liberté que comporte l'existence d'artiste, une honnête femme. Lola
Mélien, pyrénéenne, presque une Espagnole,
avait travaillé au Conservatoire de Bordeaux;
puis, son premier prix de comédie obtenu,
elle avait couru la province, fait des tour-
nées. Consciencieuse artiste, sans grands em-
ballements — gardant toujours au fond
d'elle quelque chose des sentiments de là-
bas, des idées pratiques et sérieuses — elle
avait débuté, à Paris, sous les auspices d'un
jeune ministre qui l'imposait, à l'Odéon.
Paisiblement, elle avait gagné son renom de
bonne comédienne sans génie, mais très
sûre. Ses amants — on en citait trois ou qua-

tre successifs — restaient amis de la maison.
Pour les jeunes filles, elles ne savaient de
leur mère que sa bonté. Parfois, quelques
messieurs, toujours les mêmes, venaient la
voir. Il arrivait aussi que la maman s'absen-
tât des journées entières, des soirées. Mais
les deux jeunes filles, soigneusement éle-
vées, instruites au couvent, auraient des dots
convenables, se marieraient honorablement
quelque jour. — Or, Georges Decroix devait,
à ce voisinage, sa médaille d'honneur que
le jury venait de lui décerner, cette année,
pour son tableau: Une première communiante blonde, descendant de voiture et tout
ennuagée de ses voiles blancs.

C'était la scène même dont il se souvenait
tout à l'heure, en revoyant Micaëla, enfant
encore et presque femme.

L'autre jour, chez Lola Mélien, le peintre
causait avec la petite fille. Elle lui avait dit:

— J'ai vu votre tableau, et j'ai trouvé à la
petite communiante un faux air de moi.

L'idée, certes, avait eu sa genèse dans cette

scène vue. Decroix, amusé de cette attention d'une fillette pour son œuvre, répliqua:

— Mais c'est toi, mignonne, toi, il y a
deux ou trois ans. Tu t'es reconnue?

La gamine heureuse, et si blonde, — avait
souri.

Lola Mélien disait, volontiers, l'espoir
qu'elle plaçait en sa fille préférée: Micaëla.
Elle était jolie exquisement, instruite, musi-
cienne. On lui trouverait un mari très riche.

Un jour, le peintre, en riant, lui demanda,
en manière de galante plaisanterie:

— Donne-la moi, veux-tu? Je ferai un
excellent mari.

Il gagnait sa vie très largement, mais il
ne possédait rien, dépensait, au jour le jour,
le produit de ses toiles. Avec cela, c'était, un
vrai papillon, *le Butineur*. Lola Mélien, à
voix presque basse, pour bien marquer
qu'elle souhaitait un gendre de plus stable
fortune, répondit, — en cinq initiales énergiques — un mot digne de la vieille garde.
« M-e-r-d-e! Monsieur Est Revenu Des Eaux! »
dit-elle.

Tous ces riens, Georges Decroix se les re-
mémorait en regardant Micaëla, rêveuse, sur
le fauteuil d'osier du balcon. Elle observa
sans doute que deux rosiers, en pots, des
fuchsias et des géraniums, avaient soif; la
jeune fille prit un petit arrosoir, rentra dans
l'appartement et revint au balcon arroser les
fleurs. Puis, elle s'accouda, le regard au loin.
A ce moment seulement, elle aperçut ou
sembla apercevoir le peintre qui s'était retiré, dans la chambre voisine, se dissimu-
lant à demi, dans les rideaux de la fenêtre,
de peur qu'elle fût moins naturelle dans ses
gestes. Elle lui adressa un gentil sourire,
avec un bonjour imperceptible de la tête.
Georges lui envoya un baiser, du bout des
doigts. Le sourire épanouit encore le frais
œillet des lèvres puériles. Elle lui renvoyait
un baiser, ses petits doigts joints sur le pour-
pris de la bouche — fleur minuscule.

Quelle idée, soudain, poussa Georges ?
Quelle ressouvenance de ses faciles conquê-
tes d'antan — un antan pas bien éloigné? Ses
lèvres dessinant les syllabes, en même temps

que ses bras, ses mains mimaient le sens des mots :

— Il faut venir, *ici*.

La petite tête de Vierge s'inclina:

— Oui ! — fit-elle.

Stupéfait, pensant qu'elle n'avait pas compris sa requête par gestes, Decroix refit la même demande mimée; même, s'effaçant à demi, il désignait de la main le lit en autel, dont elle devait apercevoir, du balcon, le pied, le dessus de soie pourpre brodée d'or, et les coussins multicolores. De nouveau, la petite figure de madone, fit :

— Oui.

Emporté, surpris, comme par la réalisation d'une féerie, d'un souhait qu'il n'osait pas se formuler et qui s'accomplissait sans qu'il eut esquissé le moindre effort, le peintre quadragénaire — la grande médaille d'honneur du Salon — questionna, — les doigts des deux mains levés :

— Dix heures?... A dix heures?...

Elle fit « non », et, à son tour montra, toute une main, plus quatre doigts levés :

— Neuf heures.

— Oui ! asquiesça Georges de la tête. Puis, arrondissant la bouche : « — Mais où?...

Montrant sa chambre, remontrant son lit : « — *Ici ?* »

— Oui, fit le délicieux visage blond. A neuf heures... Chez vous !

Micaëla, soudain effarouchée, après un baiser rapide jeté à la volée, s'enfuit, rentra, précipitamment, dans l'appartement. Georges Decroix ne pouvait croire à une telle et si soudaine joie. Cette fleur-femme se donnerait à lui, dans sa nouveauté, viendrait parfumer d'elle, ce soir, — ce soir même — son home luxueux et pourtant morose de vieux garçon, — peu soucieux d'aliéner sa liberté, mais trop seul, vraiment, à certaines heures.

Il fut se mirer dans une glace de Venise, au fond de la chambre. Il portait à peine ses trente et quatorze ans. Oui, les paupières se fripaient un peu; des cheveux blancs mettaient, çà et là, des fils d'argent dans sa chevelure. Tout de même, si conservé qu'il fut encore, une bonne fortune si jeune, si imprévue, l'ébaubissait, l'ébahissait; il n'y pouvait croire.

Enfin, sait-on jamais? L'idée qu'elle, une gosse, avait inspiré un tableau de Lui, qu'il lui faisait hommage d'un peu de sa gloire? La petite cervelle chimérique de Mica, avait, peut-être, créé un conte d'amour qu'elle voulait vivre, s'offrir en remerciement de ce don fait par un peintre célèbre qu'elle idéalisait, dans son esprit de petite fille romanesque.

Decroix s'habilla. Il irait dîner, seul, n'importe où dans le voisinage. Puis, il reviendrait. En marchant dans l'avenue de l'Alma presque déserte, il se demanda comment Micaëla pourrait s'échapper, quelle ruse elle emploierait pour venir au rendez-vous, si vraiment elle tenait sa promesse? « Mais, — se dit-il — c'est enfantillage et coquetterie. Elle ne viendra pas. »

Pourtant, il mangea vite, distrait. Il rentra un peu avant l'heure dite.

— Sait-on jamais avec les femmes?

La sonnette tinta.

Toute ébouriffée, sous son grand chapeau de paille, rose d'émotion et de hâte, Micaëla parut. Un long cache-poussière la vêtait toute, qu'elle décroisa d'un joli geste des deux bras écartés devant l'étonnement et l'admiration du peintre :

— Mais oui, c'est moi. Je vous avais promis ; je suis venue.

Elle jetait son chapeau, son manteau, enlevés d'un tour de main, sur un divan: puis, enfantine, elle éclata d'un rire frais, en trilles clairs égrenés, et sauta au cou de son grand ami. Il l'assit sur ses genoux: une émotion amoureuse, une chaleur subite et très douce le troublaient extraordinairement au contact de ce corps jeune, blotti contre lui et qui s'abandonnait.

Il balbutia des mots d'adoration; énigmatique, la petite vierge souriait.

Mica avait le front, étroit et large vers les tempes, des madones primitives. Les prunelles d'améthyste se striaient d'or et de lueurs fauves très mobiles sous les arcs des sourcils dorés, sous les cils longs et courbes, onduleux au bord des paupières en amandes. Le nez fin descendait, très droit, du front blanc, un nez minuscule aux palpitantes ailettes rosées, les narines retroussées un tantinet, surmontant les lèvres, fleur carminée, aux deux pétales charnus de rose pourpre. Le menton, relevé à peine, les oreilles en petites conques, sous l'envol des cheveux d'or quasi pareil à d'impalpables rayons de soleil, — Micaëla, pour Georges Decroix, à cette minute, résumait toute jeunesse et toute beauté.

Elle l'embrassait, tenant sa tête à deux mains, comme une petite fille goulue d'amour.

Tant pis! *Si la maman, jamais, se doutait de cette heure?* Comme l'ogre, il prit cet avril blond dans ses bras et l'emporta dans la chambre à coucher. Puis, officiant qui découvre le saint calice, le peintre la dévêtait. Docile, Mica demeurait souriante et câlineuse. Elle apparut splendidement nue, si printanière, hors du pantalon et de sa che-

mise, en toile blanche, de pensionnaire. Sur
le tapis sombre, ses pieds minuscules semblaient des corolles roses, fleuries en bas des
graciles colonnettes des jambes, au galbe
mignard et nerveux.

Georges s'étonnait de la voir femme vraiment, rose blanche et dorée épanouie, elle si
menue encore dans ses vêtements d'écolière.
Les épaules rondes étaient modelées en
pleine chair; les seins, ronds et fermes, sail-
laient sur la poitrine d'une jeune fille prête
à être femme. Mica, nue, se blottit, sans
fausse pudeur, tout contre lui, croisant autour du cou de l'Homme ses mains minuscules et gentilles; il admirait l'anse de ces
bras ronds et potelés, où des fossettes se
creusaient, se bombaient, aux aisselles, de
petites taches floues de mousse ambrée.

Il chuchottait, il murmurait comme s'il
avait eu peur d'être entendu d'on ne sait qui
des paroles laudatives, et il s'émerveillait
devant cette chair de lait patinée d'une légère rousseur d'or, comme vêtue de soleil.
C'était, — cette petite Vierge une pêche du-

vetée, une corolle à qui les papillons n'ont pas enlevé le fin duvet coloré de sa peau soyeuse.

A présent, Mica, qui sentait la pénétrer une inquiétante caresse, murmura seulement, entre deux baisers, là-haut :

— Mon grand, tu sais, il faut me laisser « ta » petite vierge...

Il n'en tint pas compte et elle dit encore, soumise à l'étreinte :

— Je t'aime!... Je t'aime!... Mais prends bien garde!...

Palpitante, — ses seins émus érigeant deux boutons de rose qu'il baisait, assoiffé de cette jeunesse, — elle offrait, sans réserve, la grâce de son corps. — Le peintre éperdu ne se lassait pas de détailler du regard la gracilité tanagréenne des hanches pleines, et, derrière, les rondeurs rythmées des deux hémisphères charnus, frais et durs, après le creusement des reins, et le sourire des fossettes de chaque côté de la fine ligne dorsale descendant de la nuque dorée.

16

Par devant, — il y revenait — les courbes harmonieuses des cuisses, les genoux
marmoréens, l'aristocratie des attaches
l'enthousiasmaient. Et les cheveux dénoués
faisaient un fond d'or étonnant à la déli-
catesse des traits, aux fins contours des épaules, à la délicieuse floraison des seins neufs.

Debout, il reprit Micaëla dans ses bras
forts et l'étreignit; le baiser, — sur leurs lèvres, quatre ailes de deux papillons pour-
pres, — les unissait. Ses mains aux seins
— tandis que la glace, pour la volupté des
yeux du peintre et de l'amant, reflétait la
joliesse infinie de la toute jeune femme —
Decroix s'absorba dans l'adoration de cette
forme parfaite d'adolescente qui unissait à
son charme puéril une précoce féminité.
Mica, gourmande amoureuse, fière de donner de la joie, et d'en prendre, ravivait for-
midablement l'amant dans l'artiste exalté
par sa frêle splendeur de jeunesse.

Un peu plus tard, elle dit :

— Alors, c'est moi qui t'ai inspiré ton tableau qui a obtenu la médaille d'honneur :

La Première Communion ?

— Oui, c'est toi.

Decroix se rappelait — un peu d'ironie se mêlait à ce souvenir, ancien déjà — un soir pareil, où la mère, Lola Mélien était auprès de lui dans cette même chambre, étendue pareillement sur le lit au pillage. Sa joie de ne pas sentir du tout le fardeau des ans provoquait en lui une indicible sérénité.

Douze coups tintèrent au cartel de l'atelier proche. Mica, effrayée qu'il fut si tard :

— C'est minuit ? Oh! mon adoré, il faut que je me rhabille vite, et que je m'en aille!... Tout le monde dort là-haut, j'espère... Maman ? Elle rentre toujours un peu après l'heure de Cendrillon.

Il aida la petite à rajuster ses vêtements. Elle s'affairait dans sa hâte peureuse d'être surprise; elle avait annoncé qu'elle allait seulement causer, quelques instants, avec une amie de son âge, une petite voisine. D'ordinaire, on ne s'occupait pas de sa rentrée.

— Mais si sa sœur ou la gouvernante allait s'aviser de l'épier? « Ah! ce serait joli! » fit-elle.

— Eh bien, tu m'épouserais! petite fille.

— Maman ne me donnera jamais à un artiste. Elle dit qu'elle « les » connaît trop.

— Elle n'a peut-être pas tort — s'égaya le peintre. — C'est une femme d'expérience.

La mignonne poudra sa figure, remit son cache-poussière qui l'enveloppait toute.

— Au revoir?... A bientôt? dit Georges.

Elle eut un geste d'ignorance.

— Oh! si je peux... bien sûr, je viendrai vous surprendre... Je voudrais être grande...

Un gros soupir s'échappa de ses lèvres. Georges le cueillit à fleur de bouche. Il ne l'accompagna point, de peur d'attirer l'attention. Du palier, il écouta décroître lenteement le bruit des pas de la nouvelle femme, puis, la porte d'en bas refermée, il rentra chez lui, courut à la fenêtre de l'atelier. Il était seul, tout seul; mais un parfum d'amour et de renouveau flottait, emplissant son foyer désert de vieux garçon de cette immense joie — qui était déjà du passé.

Au portail de la maison en face de la sienne, Georges Decroix distingua une ombre mignarde, blottie dans l'angle, toute petite, et dont la menote sonnait. Elle rentra. Nulle lueur, aux vitres de l'appartement du quatrième, ne brillait. La première communiante, sans doute, s'était couchée à la hâte, dans les ténèbres.

Le peintre sourit à sa stature svelte et jeune, dans la glace. La petie vierge lui avait apporté du printemps. De ces quinze avrils, il restait des effluves autour de lui, en lui.

Le lendemain matin, Decroix travaillait déjà. Cette « petite rosse de Francinetta » était venue. Pendant la première pause, Decroix regardait dans la rue ensoleillée. Au balcon, aux fenêtres de Mme Mélien, personne encore. Les volets demeuraient clos, striés de rayons d'or. Mais, sous le porche, une silhouette gracile, auréolée de blond, Mica, dans son waterproof, sortait, filait vite, auprès de la gouvernante, une rêche matrone de cinquante ans. Elle tenait, sous le bras gauche, un cartable d'écolière. Le peintre fut, une seconde, embêté :

— Eh! oui, c'était encore une écolière, cette petite femme qu'il tenait, hier au soir, dans ses bras.

Il vit la fine silhouette disparaître au revers d'une maison, dans une autre rue. Sans vouloir réfléchir davantage :

— Francinetta! Francinetta! petite paresseuse! Allons! Reprends ta pose!

A grand'peine, Francinetta, une Italienne de seize ans, abandonna un énorme chat noir qui fit une lourde culbute en tombant des bras de la jeune fille sur le parquet.

Le soir, au Palais de l'Elysée, où le Président de la République donnait une fête en l'honneur des artistes récompensés, cette année, par leurs pairs, dîner et soirée où étaient conviés les illustres, les quelconques, les médiocres, les malins, — et quelques vrais grands artistes, — Decroix, grisé des flatteries de tous un peu, des louanges du chef de l'Etat et des grands personnages officiels, de la cordialité de cent accueils, causait, après le dîner, dans le fumoir.

Un journaliste, tout à coup, demanda :

— Je serais curieux de savoir de vous quelle joie, quelle émotion vous a donné votre médaille d'honneur... Car, enfin, il n'y a pas.. quand on sait son mérite...

De fait, Georges Decroix, parvenu à force de travail, de talent, de luttes sans répit, avait bien droit à cet orgueil qui n'est pas — en de telles natures, — vanité. Mais le peintre, souriant, avec un geste désabusé des **glorioles** :

— La médaille d'honneur?... Eh bien, oui, ça m'a fait plaisir, parce que ça m'a rapporté quelque chose... que je ne puis dire.

Tous ceux qui l'écoutaient fixèrent sur le triomphateur des yeux qui interrogeaient. Certes, cette distinction suprême était, pour lui, la confirmation d'une maîtrise que d'aucuns s'obstinaient encore à lui disputer.

— Enfin, dit un camarade, cela prouve que tu es arrivé à la cime de ta carrière.

— Oui, répondit-il, « après », n'est-ce pas... c'est la descente ?

Le journaliste, flairant une boutade encore, insistait :

— Enfin, quel extraordinaire profit vous a-t-elle donc rapporté, maître, votre grande médaille ?

— Un lys ! — fit Georges Decroix, levant vers le plafond un doigt symbolique.

Quelques assistants comprirent, entre autres, le vieux peintre et sculpteur, Gérôme; au cou sa cravate rouge de commandeur de la Légion d'honneur, il ricana sous sa cavalière moustache blanche : « — Vous dites vrai, mon cher ami. » En parlant, il secoua et fit scintiller aux parements de son habit brodé de vert une brochette de décorations minuscules appendues à une chaînette d'or.

— ... Tout cela !... tout cela... je le donnerais pour me trouver en face d'une jolie femme... (*Il fixait, en bon comédien, des prunelles de fauve sur la belle comtesse de Véran qui passait*)... un peu moins artiste et un peu plus viril.

— Allons donc — blagua cordialement Guillemet, le bon paysagiste, tu sais encore prendre ta belle part...

Le membre de l'Institut haussa les épaules, puis secouant tristement sa tête élégante et chenue, toute argentée de bouclettes neigeuses, avec un geste qui demandait pardon d'avance aux écouteuses d'une anecdote gaillarde :

— Je ne sais, Mesdames, si je dois oser faire, devant vous, cette confidence. Voyons, vous ne devineriez jamais ce qui m'est arrivé, il y a peu de temps, au mois de juin dernier... Je sortais de chez un ami, chez qui j'avais dîné, rue Royale. J'avais causé d'aventures de jeunesse, d'amour, d'art; et, ce soir d'été, je m'amusai un moment, arrêté sur le refuge de la place de la Madeleine, à regarder passer les jolies femmes. Voilà qu'une petite bouquetière — de frais quatorze ans, aux yeux de vice ingénu, avec des menottes fines aux ongles noirs qui tendaient aux passants des roses, m'aborde. Je lui achetai une fleur, mis cent sous dans la menotte; et — sans penser à mal — je lui demandai de venir poser à mon atelier... Je sens, tout d'un coup, une main, autoritaire à la fois et timide, sur mon bras. Je lève les yeux. Je vois une face de sergot bon enfant. Respectueusement, à cause de la rosette, des cheveux blancs — et puis j'ai un peu l'air d'un vieil officier, n'est-ce pas? — il me fait :

— Prenez garde, mon général, vous voyez bien qu'elle est mineure...

— Bah ! — répliquai-je, dépité — rassurez-vous, mon ami, elle a le temps d'être majeure, avant que je puisse...

TABLE DES CONTES

Les Groseilles 11

Le Petit-Fils de Faust 49

La Mystérieuse 63

La Toux. 75

Le Tramway Fantastique 97

Le Perroquet Incrédule 109

Les Singes :

    I. — Le premier homme . . . 123
    II. — Le dernier homme . . . 135

L'Amant Posthume. 149

Rose d'Amour :

    I. — Un savant de province . . 161
    II. — C'est la faute des timbres . 165
    III. — Idylle Instructive 167
    IV. — Les leçons de Marius . . 171
    V. — Les hannetons dans l'Eglise. 174
    VI. — La déclaration d'amour. . 177
    VII. — Cancans à Champourcin. 180
    VIII. — Embuches de Marquisette . 183
    XI. — Les Jarretières 185
    X. — Demande en Mariage. . 190
    XI. — Le refus de Rose 192
    XII. — Deus ex machina . . 193

La Mort de Canard 199

Madame Dollar 213

La Médaille d'Honneur 225

ACHEVÉ D'IMPRIMER
LE VINGT DÉCEMBRE MIL NEUF CENT VINGT-SIX
SUR LES PRESSES
DE L'IMPRIMERIE DES PUBLICATIONS INDUSTRIELLES
POUR LE COMPTE DE
LA NOUVELLE REVUE CRITIQUE
PARIS

ÉDITIONS DE

LA NOUVELLE REVUE CRITIQUE

16, Rue José-Marie-de-Hérédia - PARIS-VIIe

TÉLÉPH. : SÉGUR 38-43   R.C- Seine 280-015   Chèques postaux 215-97

Collection Critique

CÉLÉBRITÉS D'AUJOURD'HUI

Henri BARBUSSE, par Henri HERTZ 4 50

St-Georges de BOUHÉLIER, par P. BLANCHART 4 50

Romain ROLLAND, par Jean BONNEROT ...... 6 »

Laurent TAILHADE, par Fernand KOLNEY 5 25

Paul FORT, par G. A. MASSON 4 50

Paul BOURGET, par F. J. DESTHIEUX 4 50

Comtesse de NOAILLES, par G. A. MASSON .. 4 50

Anatole FRANCE, par G. A. MASSON 4 50

Colette WILLY, par F. KELLER-LAUTIER 4 50

Pierre LOTI, par F. MALLET 4 50

Henri de RÉGNIER, par R. HONNERT 4 50

Abel HERMANT, par Roger PELTIER 4 50

François de CUREL, par P. BLANCHART 4 50

RACHILDE, par André DAVID .... 6 »

Claude FARRÈRE, par Maxime REVON 4 50

Maurice BARRÈS, par J. N. FAURE-BIGUET 5 25

Henry BORDEAUX, par Jules BERTAUT 5 25

G. COURTELINE, par François TURPIN 5 25

G. de PORTO-RICHE, par HENRY-MARX 4 50

Paul CLAUDEL, par Gonzague TRUC 4 50

André GIDE, par Georges GABORY 4 75

Henry BATAILLE, par P. BLANCHART 4 50

LES MAITRES DU ROMAN

Première série - 12 Romans (12×19)
═══ TOUS PARUS ═══

J.-H. Rosny Ainé. de l'Académie Goncourt	LA TERRE NOIRE.	7.50
J.-H. Rosny Jeune. de l'Académie Goncourt	LA PIGEONNE.	7.50
Pierre Villetard.	UN MÉNAGE D'AUTREFOIS	7.50
Charles Derennes.	LE MIRAGE SENTIMENTAL	7.50
André Billy.	L'ANGE QUI PLEURE.	7.50
Marcel Berger	LE BARON MAELSTROM.	7.50
André Lichtenberger.	TOUNE ET LA VIE.	7.50
Lucie-Paul Margueritte	L'AMANT DÉMASQUÉ.	7.50
Maurice Magre.	VIES DE COURTISANES.	8.25
Edmond Jaloux.	LE COIN DES CYPRÈS.	7.50
Ernest Tisserand	PAN ! DANS LE MILLE.	7.50
Edouard de Keyser.	AVEC TOI SUR LE LAC.	7.50

*Pendant quelque temps encore toute latitude
sera laissée à MM. les clients pour acquérir*
les DOUZE VOLUMES
au prix de

FRANCE & COLONIES	ETRANGER
72 fr.	**83 fr.**

Voir à la page suivante les conditions de vente
de la deuxième série de la collection

LES MAITRES DU ROMAN

Imprimerie des Publications Industrielles, 20, rue Turgot, Paris

www.ingramcontent.com/pod-product-compliance
Lightning Source LLC
Chambersburg PA
CBHW070516030726
47503CB00004B/1289